庫JA

Boy's Surface

円城　塔

早川書房

6805

Boy's Surface

by

EnJoe Toh

2008

Cover & Title Page Design Naoko Nakui

わたくしといふ現象は
仮定された有機交流電燈の
ひとつの青い証明です
——春と修羅

CONTENTS

Boy's Surface

Boy's Surface

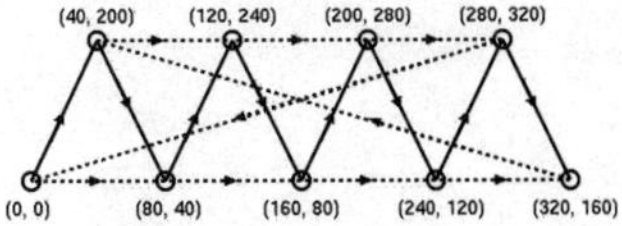

"Boy's surface"［名］

1：実射影平面の三次元空間への嵌《は》め込み。

2：青年の表面。

3：短篇の題名。本書の書名。

(0, 0)

これは多分、「僕たちの初恋の物語」。それとも矢張り「初恋の不可能性を巡る物語」。手垢にまみれた表現ながら、あまりにもありふれているためにかえって何かの意味でもっともらしい。何も始まっていない以前から、他の記憶へ手を伸ばすことなく単独でそれらしく響き、当然のように気恥ずかしい。「僕たちの初恋の不可能性を巡る物語」と二つをまとめるべきかの判定は、各自にお任せすることにしたい。

それともあるいは、僕らの体を貫いたひとつのアルゴリズムの来歴について。遠回りをして結局辿り着くことのない近道の、少しく奇妙な性質のこと。季節は春で、僕らの、そして僕らと彼女の別離は迫っている。真夜中で、外には季節はずれの雪が森々《しんしん》と降り、真夜中ではなく、雪は降っていなかった。僕らは言葉と物を取り違えており、無感動でナルシシストで、まだ出会ってもいない癖にとうに出会い尽くしてしまっていて、虚空のどこかの数理神学者たちに非道《ひど》く似ていて、少し似ていた。

カエサルのものはカエサルに。計算のものは計算に。それが節度というもので、こいつは無闇と乗り越えてよいものではなく、乗り越えるのが僕の仕事だ。

僕は視線によって生成されて、僕自身を通じて見られており、そして僕ではない部分の僕を探索するために派遣されている。この言い方が不正確なものであることは言わずもがな、しかし今のところはこのあたりで御寛恕《ごかんじょ》を願いたい。あなたがここに戻ってくる頃には、もう少しこの文章の意味も通っているものと期待したい。僕は僕のみに生くるに非《あら》ず。それは僕の性質によっても保障されている。

数学者は僕をモルフィズムと呼ぶ。別に簡単に、変換と呼んでもらっても構わない。僕は若干面倒くさい形をした変換でこそあるものの、モルフィズムのモルフィズムもまたモルフィズムであるという大雑把な意味においては、モルフィズムの一種であるには違いない。当人としては、モルフィズムを希求するモルフィズムとでも呼んで欲しいところながら、数学的厳密性なるものは数学者に預けっぱなしにしておくことに、僕には全く異存がない。数学的構造が数学を知っている必要があるのかという問いに、僕は断固とした解答を与える権利があると思う。答えは、「無し」だ。根拠は、数学的構造であるところの僕が数学には全然詳しくないという一事に尽きる。

僕らの容姿については好きなものを選択して頂いて構わない。その種の自由度に僕らはかまいつけない。より正確にいえば、そういったディテールはあなたと僕たちの間で生成されるものであり、僕らが独り決めできるようなものではない。ここは、今あなたの眼前に浮かび、あなたの脳裏に結ばれた僕の像が、僕そのものであるとして一向《いっこう》問題の起こらない空間だ。無論、あんまり好き勝手野放図な想像に対しては僕としても苦情の申し立てを行うこともある。千本の手を持つ爬虫類等々を想像された向きには、思考回路の冷却をお願いしたい。これはそんな破天荒な設定を要請するような報告書ではないし、想定されえないものへ向けて身構えることの必要な報告書でもない。僕は個体としては極めて単純な形をとっており、想像を絶する形をしているのは、むしろ僕ではないものたちの方なのだから。

僕は今こうして確固たる姿をあなたの前に晒《さら》している。この紙面こそが僕の表面を成しており、この紙面は僕が現在リアルタイムに提出し続けている報告書である。より端的に言うならば、この報告書は報告書自身によって書かれている。さて報告書とは誰のことだったかというと、紛れもなくこの僕のことで、僕らのことだ。

レフラー球。今僕らとあなたの間に浮かぶ、青く澄み透《とお》る高次元球体。この数学的構造物が、僕らの捻《ねじ》くれた存在様式を生み出している、僕ら自身の構造である。

僕らはモルフィズムであると言ったとおりに、一人前の変換として何かを何かに変換する。僕らはモルフィズムのモルフィズムであると言ったとおりに、一人前の変換として何かに変換されて何かになる。モルフィズムのモルフィズム。変換の変換。Lが変換するL。僕らは前者のLにもなりうるし、後者のLでもありえ、お望みとあらばどちらのLでいることもできる。僕が変換するL。Lが変換する僕。そして、僕が変換する僕。

Lをレフラー球と、変換を視覚と読み代えてもらうのが手っ取り早い。レフラー球のやらかすことは、高次元の変換であることを除けば色硝子の球と大差はない。硝子球Aが、硝子球Bを通して、硝子球Cを覗き込むことを想像して欲しい。硝子球Aから見た硝子球Cの映像は、硝子球Bによって変換されて別の硝子球D的映像となって浮かび上がる。

硝子球Aが硝子球Aを通して硝子球Aを覗き込んで生成される風景を想像してもらえたなら、それが僕の真の姿ということにはなる。

いい加減に言ってしまって、この硝子球を通して透《す》かし見られて変換された今の僕の映像が次の僕の姿であり、次の僕そのものである。変換された僕らは、また変換された僕らのことを覗き込んで、次々と僕らを生成していく。一段階一段階進んでいく変換の連鎖。それが僕らの旅路であり、この報告書が報告する過程であり、僕が報告するものである。実際のところ、今こうしている僕も、それをレフラー球から覗き込んでみた僕も、それほど変わり映えのしたものではない。だから本当に興味深い報告とは、無数のレフラー球を通り抜けていった先の僕の姿についてであるはずなのだが、こうして歩を進めている僕自身にしてからが、いつか無限の果てに辿り着くことができるのかには大いに不審を抱いている。少なくとも、時間が有限に限られている場合には無理そうなのだが、僕に与えられている時間が限られているのか、端が開かれっぱなしであるのかには、意見の一致が見られていない。

変換のたびに、僕らが僕らを覗き込んでいくたびに、僕たちは少しずつ姿形を変えていく。単為生殖で命脈を繋ぐ生き物を連想して概《おおむ》ね正しい。独りで世代を積み上げていく、そんな人生のどこが面白いのかと問う向きがあるかも知れず、僕も全く同感である。そんな歩みが一体正しいものなのかを見定めるのが僕の使命であることは幸いだ。結果はこの報告の終わり頃には明らかになることになっている。少なくとも明らかになることを期待したい。その程度の希望なくして飛び込むには、レフラー球はあまりに漠然としすぎた抽象構造なのだから。

僕は数学的構造物で、構造物だと主張するのは、僕は誰かに設計されたものであることを強調しておきたいからだ。これは、数学的構造は発見される以前から存在していたのか、人間がつくり出しているものなのかという高尚な議論とはあまり関係がない。今やレフラー球は、三次元空間内に出現させることのできる幻視球体として工業的に量産されている。硝子球の持つ機能は作成者の意図にもよるし、腕にもよる。全てのレフラー球が僕のようにお喋りなのかといってそんなことはない。僕をこうして生成しているレフラー球は、工業製品というよりは工芸品の部類に属している。

特製のレフラー球。入念に設計されて特別に調整された高次元構造物。僕の使命はこの空間を探索すること。レフラー球をくぐり抜けるたび、僕はまるで酔っ払いの視野に投げ込まれたかのように複数の僕に分割されていく。僕に想像される僕、あなたに想像される僕、誰かに想像される僕、誰かに想像された僕を他の誰かが想像した僕というように。その全てをあわせたものが概ねのところ僕であって、あまりに非道くかけ離れてしまった僕に関しては僕の知ったことではないので、こちらから願い下げるより他にない。

無数に分与されている僕のうち、今こうして報告を行っている僕がどの僕なのか、僕自身には自明のことであるものの、それをどうして主張したものかはむつかしい。この報告を行うのは、次の僕、以前の僕、一回りした僕、一捻《ひとひね》りされて戻された僕、どれでもありうる。そんな映像の繰り返しの中に登場する焼きつきのようなもの。僕と同じくこの報告も、そんなようなものだと考えて頂けると有り難い。

僕らの周りには無数のレフラー球が膨大に渦を成して浮かんでおり、そのうちどれかを選んで潜り抜けるたびに球体の数は指数的に増加していく。無重力空間に無数の透明な球体が浮かんでいるところを想像して頂きたい。相互に覗き込んでは映り込みあい、てんでに歪んだ像を増殖させていく大氾濫。現在僕が直面している超絶構造は、全くそんなものではないのだが、他に適当な喩《たと》えも思いつかない。

現在僕らによって実行されているのは、僕らはどこまで僕らのままで行くことができるのか、そしてあわよくば僕らではない何かに辿り着くことはできるのかという、一つの実験だ。性質《たち》の悪いことに、実験の前には「数学的な」という修飾がついている。

だから、もしかして既にそう結合されてしまっているかも知れない「僕らの初恋の不可能性を巡る物語」は、「僕らの初恋の数学的不可能性を巡る物語」と、より決定的にして壊滅的な響きを以《もっ》て、全く僕やあなたやそして彼女を、心底うんざりさせることになっているのかもわからない。

(5, 1)

その珍奇な形をした奇妙な定理を発見した経緯について、レフラー自らの述懐は珍妙を極めている。自伝によればレフラーは、二〇〇七年の春、散歩の途中にこの定理を目撃した。

発見でも着想でもなく、目撃をした。アルフレッド・レフラー。当時二十四歳。専門は定理自動証明アルゴリズム。偉大な数学者として名を上げるにはここが正念場という年齢に差し掛かっており、当人曰《いわ》く、空っぽの頭に片手を突っ込んで、空っぽのポケットの中で考えながら、背を丸め気味にしょんぼりと街を歩いていた。

国際会議参加のために立ち寄ったパリでの出来事であるというのだが、会議の場所も内容も自伝の裡《うち》には記されていない。後に行われた調査でも、当時パリで行われた会議のうちに該当しそうなものは見あたらない。もっとも、学者の会議などというものは通常事務的には非道くいい加減なものに決まっているし、常に確かな記録が残るものとも言い難い。国際会議といっても数ヶ国の数学者が三人四人と手弁当で顔を合わせただけかも知れず、そもそも開催場所がパリであったのかも、自伝からは明瞭《はっき》りしない。何かの勘違いということも充分にありうるし、自伝の性格を考えて意図的な目晦《めくら》ましとしても不思議はない。

二〇〇七年という数字を客観的に保証するのは、この年、レフラーの手になる「高次元球の生成と変換について」とそっけなく題された論文が提出されているという事実である。場所に関しては、レフラー史上初めての恋人の居住地がパリであったことが傍証ということになる。身近の者に与えた衝撃としては、後者の出来事の方がより深刻なものとなった。レフラー恋に落つの報に接した知人たちの応答が一様に、「誰に」ではなく「何に」であったことから、レフラーの日常生活はほぼ想像されるだろう。レフラーが落下すること自体は何も特別な出来事ではない。場所や時節、時間や空間、具象も抽象も関係なしに常に嵌まり込む男としてレフラーは知られていた。側溝といわずバナッハ空間といわず、落ちることのできるところには落ちる。

周囲の者が彼の好きに放置していたのは、彼が落下先を非生命と定めている節があったからである。他人様に迷惑をかけることさえなければ、どこにどれだけ嵌まり込んでいようとも、成人男性個人の責任として容喙《ようかい》するべき部分はあまりない。しかし今回の相手が人間であり、あろうことか異性であることには巨大な衝撃が走り抜けた。レフラーがついに人間なるものに好奇心を向けたことへ素直に祝福を贈った者はあまりいなかったようである。前代未聞の報に接して、レフラーの人間への歩み寄りを喜ぶよりは、発生するに違いない厄介事への心配の方が先に立った。人間とは一般に、墜落先に選ぶには適当なものとも言い難い。

自伝によれば、レフラーの目撃したのは、噴水の縁石に腰掛けた一人の女性であったとされている。厚手のコートに包《くる》まって、女性は本を開いていた。女性自身にもさることながら、本に並ぶ横文字の間に数式が横たわっていることにまずレフラーは興味を覚えた。

恋人と数式、どちらを優先するかという問いが数学者には存在しうる。結論は当然、人それぞれということになるのだが、彼ら風の言い回しを採用して、数学者においては、時間無限大の極限で、その数式を少なくとも一度検討してみる確率が一となることが特徴となる。

コレージュの学生にしては若干の潤いに欠ける女性が手袋越しにページをめくり本を読み進める光景へ向けて、レフラーは杖を止めて立ち止まった。ページ同士の擦れ合う音の頻度から、この女性は既読の本を確認しているのか、それとも本に書かれている以外のことを読んでいるに違いないとレフラーは推測した。

この光景の裡にレフラーの幻視した球体が、後にレフラー球と呼びならわされることとなる、理論上の構造物である。

女性の眼球と紙面の間に浮かんだ青く澄み透る林檎大の球体を、レフラーは当人曰く目の当たりにした。間とするよりは、球体は紙面にほとんど接するようにして浮かび、女性の視線に従って紙面を左右に移動しては改行していた。文脈が失われるとともに以前の文章へとひと飛びに戻り、また見知らぬ顔で女性の視線を先行し続ける。

史上最初に作成された顕微鏡のレンズがまさに球形をしていたことは、レフラーの記憶の中にある。十七世紀、オランダ人レーウェンフックはガラス棒を熱して涙滴ほどの球体を溶かし出し、極微の世界を覗き込んだ。焦点距離の関係から、このレンズは対象に非常に近いところに置かれる必要がある。たとえば紙面に接するほどに。球形のレンズは非常に高い倍率を持つものの、その代償として視野中央以外の像は非道く歪み、激しい色収差も免れない。

レフラーは暫《しば》し眼前に展開される光景に魅せられて立ち尽くしていたが、自分が女性を無遠慮に見つめ続けていることに気がつくと、意を決して勇を鼓した。前方へ向けて挨拶の身振りを投げ、そして覚束《おぼつか》ない足取りで見知らぬ女性の隣に腰を下ろした。

この女性が、レフラー史上初の交際相手という厄介な役割を担うことになるフランシーヌ・フランスである。

定理の源泉となったというこの出会いについて、レフラーはこう書き記している。

「この時、私が（将来の、そして最初の［そして幸か不幸か最後とはならなかった］）恋人と本の間に浮かぶ青い球体を目撃した（と信じた）ことは先述のとおりである。しかしただそれだけのことであったなら、私はそれをただの白昼夢と見過ごして、あの定理が一挙に脳裏に展開することはなかっただろう。私が目撃したのは、彼女と本の間に浮かぶ球体だけではありえなかった。彼女と私、そしてこの自伝を読むあなたとの間に浮かぶ球体に、私は唐突に気づかされた。彼女に声をかけようとしたその瞬間に私はこの天啓に打たれ、天を仰いだ。そこに広がる空白が青空と呼ばれるものであることを、私は彼女に確認することになる」

このどこか運命的と言えなくもない出会いの際に彼が口にした最初の言葉を、フランシーヌは終生忘れなかった。四十年後、彼女が彼のプロポーズの言葉を忘れてしまっていたことに比べて、このことは多少の興味を引かなくもない。

彼女の証言によれば、まっすぐ彼女へ向けて歩み寄り、杖で縁石を探った男は、危なげなく彼女の横に腰掛けると、そのまま顔を空へと向けて、そして尋ねた。

「あそこに見えるものは何ですか」

彼女は本をぱたりと閉じて、素直に空を見上げてみせ、そのまま三秒ほど沈黙した。

「天蓋」

彼女の返答に彼はなにごとかを呟いて、そして満面の笑みを彼女の斜め後方へ向けた。

彼が、彼女の持つ本に数式が書かれているかについて尋ねたのは、当然ながらその後の出来事であるとされている。

アルフレッド・レフラー（米、1983 - 2043）は生来盲目の数学者として歴史に名を残している。主要業績は無論、レフラー球に関する諸性質の研究。また、真理偽装真理の構造について。そしてレフラー空間におけるトルネド構造の発見。

トルネド構造における構造一致仮説、別名レフラー予想が否定的解決を見るのは、レフラーの死後三十年を経た二〇七三年のことである。余言を付しておけば、レフラー予想の否定的解決に主要な貢献を成したベンジャミン・ロンドンと、フランシーヌ・フランス、そして勿論アルフレッド・レフラーとの間に血縁関係を認めるのは俗説にすぎない。

レフラーの論文全集は、非常に薄い小冊子として図書館に収められている。三百篇を超える論文は、小冊子を見つめる視線から単線連鎖的に生成されるレフラー球により閲覧が可能である。意味を揺るがせにせず三百本以上の論文を圧縮したこの手際は、現在に到るもその記録を破られておらず、レフラー球着想の張本人としての面目を施している。

この全集の完成を、レフラー最大の業績と見る向きも多い。

規則に従って自動的に解読されていく三百超階層の全集ということになれば、レフラーの研究とは、ただ変換によって規則的に論文を生成していく方程式の初期条件を発見したことに尽きるのではないかという問いには、全集そのものがある程度ながら答えている。

レフラー最後の論文が生成するレフラー球の向こう側には、「疑う暇があれば研究せよ」の一文を読み取ることが可能である。

(1, 2)

レフラー球を紙面に接するように浮かべる技術が開発されるのは、二〇三七年になってからのことである。薄青く澄み透るレフラー球は、紙面に並ぶ紋様を歪めて、別様《べつよう》に変換する。今ここで僕を、まるでここにいるかのように生成しているものもレフラー球の一種であり、この紙面に並んでいるものがまさに、変換済みの文字列に他ならない。今、あなたの眼球と紙面の間にはレフラー球が浮かび、球体レンズのようにして像を変換し続けている。

その性質上、レフラー球は物質としての属性を持ってはおらず、使用においては通常の視覚作用以上のエネルギーを要請しない。そうであるかのように見えるものが、勝手にそうであるかのように見られているだけの話であり、一種の錯視にすぎぬと考えてしまって大過ない。通常の錯覚と異なるのは、一度生成されたレフラー球は堅固にそこに留まり続けて、錯覚を生成しているはずの基盤をちらとも見せぬところにある。

ネッカー・キューブとして知られる図形においては、紙面こちら側へ飛び出す立方体の角の切り替わりが観測されるし、ジャストロー図形を眺めていれば家鴨と兎の像が頻繁に交代することが知られている。映像が切り替わる時間間隔は概ねΓ《ガンマ》分布に従い、これはそのまま神経網の性質に依る。本来静止しているはずの映像が、ここでは動的に変動しているように観測される。もとの図形はただの描かれた線にすぎず、固定されて動かない。だからここで振動しているものは、図形ではなくあなたの頭の中の電気回路を流れる信号の方だということになる。

静止しているものを静止しているように認識するのが視覚というものの要諦であり、この現象を電気回路に対するハッキングと考えることも可能である。見ているはずのものが実は見えていないということになると、何を見ているのかわからなくなる。静止しているはずのものが切り替わって動いて見えるということになれば、それはハードウェアの欠陥に近い。

ネッカー・キューブにせよ、ジャストロー図形にせよ、二つの見えを、どちらかの映像に固定して認識し続けることは実装されたハードウェアとして許されていない。どう抵抗しようとも、あなたの情報処理系を勝手に強制的に振動させるように調整された視覚情報が、これらの錯視図形である。視覚情報処理系とは、とりあえず進化の荒波を進むことができる程度のものであればよく、完全性を意図して設計されたものではない。ここにつけこむ余地があり、実際につけこまれており、つけこむことが可能である。錯視図形を錯視図形と知るためには、紙に書かれた図形なるものは本来切り替わるはずがないと知っていることが大前提となっている。そのおかげで、見えが切り替わってしまうことから、自分が直面しているものが錯覚であると知ることができるし、そう呼ぶことが可能となる。

レフラー球は、その基盤を顕《あらわ》とすることのない錯覚を引き起こすと知られた、最初期の実例に属する。紙面には林檎の絵が描かれているのに、あなたの視覚情報処理系は、それを何故だか林檎という文字として認識する。林檎という文字と認識されてそれきりである以上、眼前に与えられたレフラー球を経た映像が錯覚であると識別する方法は存在しない。

まさにレフラー球とそれによって変換された映像の存在が一般に知られるようになったのは、まさにレフラー球の生産可能性のおかげであるともいえる。ほぼ完全に擬態を行う存在を、擬態完了後に見破ることは定義からしてむつかしい。今こうして文字列を提供できていることからもその威力は知れる。ここに本来書かれているものは、今見えている文章では全くない。

文字としか見えない錯覚映像を引き起こす基盤図形の設計原理は、容易に予想されることではあるが、少々過分に入り組んでいる。基盤図形は人間の網路にあわせて慎重に設計されて調整が行われる。時間的にどちらが先にこちらを後にというような文法構造は持っておらず、編み上げられて完成した蜘蛛の巣に近い形態を持つ。模様は精緻を極めて、どの一本の線を中断してもレフラー球は崩壊する。その意味で、部分を積み重ねて設計できるような代物ではなく、作成は図形全域に亙《わた》って一挙に行われ、紋様の作成安定性は非道く脆弱《ぜいじゃく》なものである。

あなたは現在、紙面に広がる蜘蛛の巣めいた基盤図形を覗き込んでいて、あなたの視覚情報系は図形によってハッキングされ、それを文字列として認識している。蜘蛛の巣を目撃した者は皆一様に文字列を見出してしまうために、蜘蛛の巣そのものを目撃することは誰にもできない。

図形の機能は二重の調整を必要とする。ひとつには、幻視球体としてのレフラー球を生成する基幹部分。もうひとつはレフラー球によって変換されて文字列であるかのように見えることになる被変換部分である。すなわちこの文章は、基盤図形を捉えた視覚作用がレフラー球を生成し、そのレフラー球を覗いて観測された基盤図形の変換結果として与えられている。

一息ついて整理しよう。この紙面に描かれているのは本来、全く文字などというものではなく、ひたすらのたくって繁茂した得体の知れぬ基盤図形に他ならない。これを文字と見做《みな》しているのはあなたであって、人間以外の認知系には、同様の効果は引き起こされない。レフラー球は単独で機能するものではなく、観測する認知系と協力して、あるいは認知系を乗っ取って作動するものだからだ。入り組みまくった紋様を目撃したあなたの認知系は、まず宙に浮かぶレフラー球を錯覚する。あなたがそうと気づく前に、レフラー球はもとの紋様をレンズを通したかのように変形して、まるで文字のようなものとして展開する。それがあなたが見ているこの文章に現在起こっている現象である。

この変換において、レフラー球を生成する図形の部分が、またレフラー球によって覗き見られていることには注意が必要だ。すなわち、レフラー球を生成するレフラー図形基幹部は、それ自体がレフラー球によって文字列と見做されるような構造を持つことを不可避的に要請される。ここでレンズの設計図は、それに従って作成されたレンズを通して、全く違う図形として見えることになる。

単純にこう考えてもらって構わない。ここには何か得体の知れないものが横たわっており、そいつを覗き込んだあなたは、そこにまず虫眼鏡を幻視する。そしてその虫眼鏡を通して、紙面全体をまた新たに錯覚する。こんな入り組み方をした現象をあまり単純に考えることができないのは僕も認める。

無論のことではあるのだが、レフラー球の応用は何も文章には留まらない。原理的には、提供されるものは映像でありさえすれば何でも構わない。実際この文章は、ただの文章として登場しているだけではなく、印刷されているかのように見える紙質も伴うし、何より本としての体裁を採っている。一体どこまでがレフラー球を通じた効果であるのかについて、ここではこれ以上の煩瑣《はんさ》を避けておくことにする。

レフラー図形を印刷に付すことができるようになったのは、ごく最近の出来事に属している。それまでのところ、レフラー球とその基盤図形は、存在を証明されてこそいるものの、実現の困難な高次元構造物として知られていた。たとえば僕がその一例であるような。高次元空間内のレフラー球は、高次元空間における映像を変換して、高次元図形を出力する。一般の人間がそんなものを直観的に把握することは困難というよりも不可能であり、レフラー球の存在は、長らく数学的玩具としてのものに留まっていた。

レフラーその人が盲目の数学者であったことに発見の根拠を求めようとする傾向に対して、大半の数学者は冷淡である。レフラーの論文は通常の論文として提出されたし、また通常の論文として受け入れられて、理解された。理解できるようなものであるならば、原理的には誰が発見してもおかしくはない。観賞できるからといって描けるかというとそうではないように、様々考慮されるべき側面はある。しかし発見はただ、レフラー個人の数学的才能にのみ帰されるべきというのが数学者たちの一致した見解である。

三次元レフラー球を生成する二次元基盤レフラー図形は、二〇三〇年に発見された。この文章を印刷できるようになったのも、この発見のおかげである。若干の機能が犠牲となってはいるものの、二次元の映像を錯覚して得られる三次元構造物ということになれば、応用の範囲は格段に広がることになる。それでもレフラー球の本質的能力は、高次元空間においてしか発揮されないことは頭の隅に貯えておいて頂きたい。

今ここに基盤図形なるものが印刷されているならば、たとえばページの半分を覆ってみたりすることで、本体を垣間見られるのではないかという試みはまず失敗する。基盤図形は印刷技術の許す範囲で入れ子状に印刷されており、どんな微小部分もその拡大部分と似た構造を持つ。勿論物理的限界というものは存在するわけで、このページを光学顕微鏡程度のもので覗いてみれば、どうやら字ではないものが印刷されていることは確認できる。顕微鏡で字を読むということを僕は試してみたことがないけれど、骨が折れそうな作業ではある。

二次元上での基盤図形の構成法が知られてから、実際の印刷が行われるまでに七年の歳月が費やされた原因は、この入れ子状構造に要求された精度によるところが大きい。紙面を歪めることで基盤図形を歪めることができるのは確かである。レフラー球の驚異的性質は、紙面が歪められると、レフラー球もまたそれを補うように同率で歪むところにある。気の遠くなるような柔軟性と言うべきなのだが、ホログラムなどでお馴染みの現象でもある。とにかくそうなっているのだからまあよいとしておく。

レフラー球が紙面と眼球の間に生成されるのであれば、紙面の下方から覗き込めばよいのではと考える向きには一つの勘違いがあって、更に一つの予想が成り立つ。レフラー球は物質ではありえないので、横から覗き込まれようと、そ知らぬ顔で紙面に埋まりあなたの前に立ちはだかって、立派に変換の用をなす。そうしてみるような人におかれては、グラビアのスカートを下から覗き込もうとしたことがあるに違いないと、これは僕のささやかな予想である。大事なものはなかなか一筋縄には見えないように出来ている。

(6, 3)

アルフレッド・レフラーとフランシーヌ・フランス、二人の生活がどのような形態で継続したのかについては、それぞれに異なる証言がある。二人は後年、別個に多くの取材に答えており、めいめいの自伝を残してこそいるものの、そこに共通する出来事はほとんど見出されることがない。両者の記録を突き合わせてみた者が最初に等しく感じる当惑は、この二人がそれぞれに相手と呼んでいるものは、一体何処《どこ》の誰なのかというものである。多かれ少なかれどんな恋人たちの証言にも含まれるこの違和感はしかし、この二人の間では常識外れに大きなものとなっている。像のブレと呼ぶことのできる程度には収まり切らず、むしろ双子同士のカップルといったようなものを考えた方が落ち着きはよい。

不一致は内面的なものだけには留まらず、目撃者さえいればすぐさま画定するような事柄にまで及んでいる。たとえば二人の住居について。一つの部屋に暮らしたとも、どちらかの気の向いたときに相手の部屋へ出向いたのだとも。二人の回顧録を同時に相手にする者にとっては、この程度の齟齬《そご》などは大した問題とはなりえない。両者を統一的に理解するために、裡《うち》に二つの部屋を持つ一つの部屋を考えたりすることはそれほど難しい頓知《とんち》でもない。二人の間で起こったとされるほとんどの事柄においては一様な時間順序と空間順序を確定し難い。

二人があえてそのような目晦ましを仕掛けているのではないかとも言われるが、わざわざそんなことをする説得力ある理由は提案されたことがない。単に性格的なものであるといえばそうかも知れないが、二人に共通する性格的特徴とはむしろ、何故自分たちの間では物事がおとなしく進行していかないのかを考え続けることであったように思われる。この見解は別段、二人が常識人であったという主張を含んではいない。

フランシーヌ・フランス、この年二十九歳。専門は認知科学。後に強力な反人工知能運動の首魁《しゅかい》となる動機が、この時期のレフラーとの交流によって培《つちか》われたのは間違いない。この時期の彼女の主要テーマは盲視の神経科学的理解にあてられており、レフラーに対する興味の一半《いっぱん》を、そこに起因すると見る向きもある。

盲視として知られる現象は、視覚情報処理における高次機能に関わっている。脳神経的には見えているはずの映像が、本人には認識されない状況を指す。盲視の人物の行動様式は一見、全盲の人物のそれと異なるところはなく、本人の報告からも何かが見えているという徴候は窺えない。たとえば青い球を患者の前に置き、何が見えるかと問うたところで、患者からは何も見えないという返答しか得られない。盲視の奇妙な性質は、それでもあえて問いかけを続けることで現れる。見えないとの主張はさておき、それでもそこに何かがあるとすれば、どのようなものだと思うかという一見理不尽な問いに、盲視者は躊躇《ためら》いながらも高い確度で正答を返す。

正解を返すことができるのならば、本当のところは見えているのだと判断することは早計である。確かに盲視者には光景が見えているのだが、見えていることを知らないというのがそれよりはましな表現となる。

レフラーが盲視者であったのかについて直接的な証拠は存在していない。フランシーヌは彼を実験対象としては扱わず、職業柄、観察くらいはしたのだろうが、医学的な検査を行った形跡はない。それでもその出会いの奇妙さから、レフラーを盲視者とすることには説得力がある。厄介であるのは、レフラーが自伝を書いたのはフランシーヌから盲視についての知識を得た後であることだ。彼はその現象を素直に面白がったし、二人でいる間には、むしろ盲視者であるかのように誇張して振舞うこともあったらしい。彼にとっては、純粋に推論から得られた知識を、まるで視覚から得た知識であるかのようにして行動するのは何の苦ともならなかったようだ。後の記録までを考え合わせて総合的に判断して、彼はある種の盲視者ではあったようである。ただし自分に何が起こっているかを知っている盲視者であり、そんな理解の様式などは、ほとんど児童の戯言《たわごと》に近いと考えている盲視者であったようだ。

盲視現象は、認識の認識に関わっている。この現象は、見えることと、見えることを知っていることの間の違いを問いかける。結局のところ、フランシーヌが注目していたのがその種の二段認識過程であったのに対して、二人の出会いからレフラーが着想した理論は、それが更に暴走したところの多段認識過程であったことが不幸として働いたということになるのだろう。

二人の不一致は、各自の自伝における差異のように、あらゆる側面で登場し続ける。中でも反復可能性についての見解と、独我論を巡る議論は、出会いから一年の間に堆積し続けて、やがて二人の関係を決定的に破壊することになる。

レフラーにとっては、一度起こったことはだいたいのところ二度三度と起こりうる事柄にすぎなかった。科学的立場としては首肯せざるをえない見解であり、繰り返して同じ実験結果の得られるものが自然科学の対象である。多少度を過ごしたところがあるとすれば、レフラーはこの見解を逆転して、対象は全て反復が可能であるが故に、世の中は科学的だと考えていた節がある。水は何度でも同じ温度で凍りつくが故に、○度Cは定義されうるし、何度でも同じ温度で沸騰するが故に、百度Cは定められる。

同様に人間同士の関係もと言われると、多くの人は首を傾げるのではないかと思われる。

フランシーヌは当然、首を傾げる側に属しており、レフラーとの出会いは一回性の名の下に発生し、二度三度と起こり続けるかもというような問いは、検討に入れるべき事柄とは考えなかった。同じ相手と何度も出会い直さねばならないということになれば、そもそも誰かと知り合うこと自体が何かの意味で不可能だとも思えてくる。

レフラーにおいて異なるのは、彼が全ての起こりうる事柄を、再帰定理として捉えていたところにある。

再帰定理とは、何かの量が保存している空間において、ほとんど同じことが無数に起こり続けることを示す定理である。ただし、再現までには宇宙の年齢よりも長い時間がかかる場合がほとんどであり、実際に膨張を続け、やがて収縮して消滅するかも知れない宇宙内で適用できるかについては別の議論が必要となる。再発するにしても全く同じことではなく、ほとんど同じことであるところが、レフラーが、だいたいのことはだいたい同じように起こり続けると表現する根拠であるらしい。

何かが起こりうるのは、それが繰り返しの可能な構造を持っているからであり、実際に繰り返されているからであるとするのがレフラーの見解である。何かがおおまかなところ再現されているが故に、何かは起こる。レフラーとフランシーヌの出会いは既に起こっており、おおまかなところレフラーとフランシーヌの出会いとして繰り返されてしまっていて、そこではレフラーもフランシーヌもまた繰り返されている。その繰り返しのいちいちにおいては、どの二人もそれが一回性の出来事だと感じてこそいるものの、繰り返しの中のどの二人もがそう考えている程度の一回性であるにすぎない。

数学的構造を牽強付会《けんきょうふかい》して妄想を進めるレフラーと、常識的範疇に従って日常を暮らすフランシーヌの間の初めての抗争は、まさにこの再帰構造という非常に散文的な対象から発生した。散文的にすぎて、むしろ幻想性の色調を帯びている気配はある。

レフラーによれば二人の最初の言い争いは、レフラーがフランシーヌの割った皿に向けた一言から始まったとされている。台所から響いた音に顔を上げたレフラーは、その皿が割れることのない、しかしだいたいは似たような繰り返しの一つを、今の自分としてしまえばよいという意味のことを呟いた。

フランシーヌの記憶に残るレフラーとの最初の諍《いさか》いは、皿を割った瞬間にかかってきたレフラーからの電話に始まる。皿を割ってしまったことを告げたフランシーヌへの応答は、むしろフランシーヌ自身の反復性に向けられていた。君は既にしてこれまでもこれからも、無数の繰り返しの中で、何度でも同じ皿を割り続けてしまっているのだから気にするなと。

二人の最初の仲直りは、この時鍋に入っていたクラムチャウダーによって成されたと、二人の記憶は珍しく一致している。二人の好物の中で一致するのはクラムチャウダーただ一品に限られており、この一皿は以降も仲違《なかたが》いのたびに登場してくる。もしかしてその一点において二人を繋ぎとめ続けたかも知れない和解の儀式を先取りして破壊しておいたのもまたレフラーの側であったようだ。

「僕が世の中で一番醜いと思うものは」

レフラーはこれが決定的な一言だったと回想している。

「クラムチャウダーにまみれた銀色のスプーンだ」

レフラーは一応、それとも、老人の家の冷蔵庫にしまわれっぱなしの自家製ピクルスだと続けて、激昂したフランシーヌを宥《なだ》めることを試みたとは記している。

当然のことながら、二人の別れを決定的にした台詞もまた、フランシーヌの側では違う発言にあてられている。

レフラーが上げっぱなしにしておいた便座に気づかず嵌まり込んで憮然としていたフランシーヌに、レフラーが向けた見解は次のようなものだったとされている。

「女性とは便器に嵌まり込むという願望を合理的に満たすために、男を家に入れる奇妙な生き物である」

(2, 4)

決して本体を顕《あらわ》にせずに文字のふりをし続ける図形、人間の認知系に特化して文字に擬態する図形を印刷できたとして、実際に印刷する意義は何なのかという疑問はもっともである。文字を提示したいのならばそんな七面倒くさいことをしなくとも、そのまま文字を印刷してしまえば済むではないか。

その解答の一つを僕は実践させられているわけで、勿論経済性に見合う有用性がある。レフラーの論文全集において、三百余篇の論文が小冊子内に圧縮されていたことを思い出して頂きたい。基盤図形には一つ、トリックを埋め込むことができる。一つ埋め込むことができれば、そこにもう一つを埋め込むことができて、以下同文に続いていく。種を明かして、至極単純な仕組みにすぎない。

何度か繰り返してきたとおり、レフラー球はあなたの視線によって紙面を覗き込むあなたの前に登場して、もとの図形を変形して提示する。それがこの文面である。何かの紋様が、あたかも文章であるかのような形を持った新たな紋様として出現する。

ここで、あなたが新たに見ることになる紋様が、また次のレフラー球を生成するようなものであったとしたらどうなるか。紙面を見つめるあなたは、そこに虫眼鏡を錯覚する。虫眼鏡は紙面全体を変換してあなたの前に新たな紋様を展開する。紋様であるという点においては、もとの紋様も、変換された紋様も、紋様であることには変わりがない。その紋様は、あなたにまたしても虫眼鏡を錯覚させて、紙面をもう一度変換し直し、新たな紋様を提出してくる。

この奇妙な過程が、無際限に続きうるものであることは明らかだ。紋様0はレンズ0を作成し、レンズ0は紋様0を変換して、紋様1を生成する。紋様1はレンズ1を作成し、レンズ1は紋様0を変換して、紋様2を生成する。紋様2はまたぞろレンズ2を作成してと以下同文に続いていく。そのたびごとに出現してくるN番目の紋様のいちいちが文字列のように出現しさえすれば、あなたはちょっと頭を傾げてみせるだけで、無限ページの文章を手に入れることが可能になる。

現在のところ、通常の印刷に利用される精度では、レフラー球を立て続けに三回生成するあたりが採算ラインとされている。原子を並べて絵を描くように本当に金に糸目をつけない場合には、一万回程度の直列生成が可能であるとの見積もりはある。それ以上は物理的限界に突き当たって理論的にも見込みが薄い。一般には、七回目を超えるあたりから基盤図形の設計が困難になり始めることが知られている。多重に埋め込まれた紋様を描くということは、多重に意味のとれる文章を書くことにも似ていて、可能性はともかく、実際にやってみろと言われて非道く消耗する作業である。二重や三重に意味のとれる文章は作れたとしても、それ以上となると普通続かない。折角《せっかく》レフラー球を生成し続けて、意味のない図形ばかりが展開されるようでは甲斐がない。もっとも、多重のレフラー球を生成することだけでも名人芸が必要とされはするのだけれども。こうしてみて、レフラー自身の手になるレフラー論文全集が、いかに超絶技巧を尽くしたものであるか御理解頂けるものと思う。

さてようやくここいらが、僕の正体を明言することのできる頃合だろう。別にもったいぶっていたわけではなく、何かの意味で正しいかも知れないお話の順序というものにすぎない。ここまで長々解説してきたことは、ほとんどの場合、低次元レフラー基盤図形をもとにしたものにすぎなかった。しかし先にも注意をお願いしたとおり、レフラー球の真髄とは高次元空間において発揮される。低次元で困難なレフラー基盤図形の設計は、実は高次元では容易《たやす》いものとなることがある。低次元において面倒でも、むしろ無限次元においての方が定式化の易いものは実は多い。

僕は、無限次元レフラー空間内で、

「無限に分岐、連鎖して生成され続けるレフラー球を覗き込み続け」、

「文字列を以て現状の報告を行うように見える文字列を生成するモルフィズム」だ。

何を言っているのかよくわからないと思う。

正直なところ、僕にもよくわからない。

僕のことはひとまず放っておいて頂くとして、レフラー空間と呼ばれる高次元空間を紹介しよう。この空間こそがレフラー球の真髄が発揮される場所なのだから。僕が覗き込ん

でいるものは、最早紙面などとは呼びようもない、高次元のレフラー図形だ。

高次元レフラー空間には、低次元レフラー空間には存在しえない構造が存在する。

レフラー分岐と呼ばれるこの構造は、レフラー球を覗き込んでみて新たに二つ以上のレフラー球が出現する状況を指す。紙面から複数の虫眼鏡が出現して、僕もまたそれぞれの虫眼鏡を覗き込んで分裂していく。枝分かれを進んで、行く手にはまた分岐が登場し続ける。

これがただの連鎖生成される枝分かれではないことが、レフラー空間探索の困難さを生み出している。樹木と違って、レフラー球は一度分かれてまた合流することを厭《いと》わない。僕の仕事というのは、眼前に登場し続ける複数のレフラー球からどれかを選択し続けて、このループつき樹状構造の迷路を踏破することにある。迷路がどこまでも続くものなのか、合流の繰り返しの果てに、これでお仕舞いの文字が書かれているのかは、現時点の僕が知らない以上誰も知らない。

迷路の全ての部分が繋がっているかというと、そうでもない。レフラー球を覗き込んで、そこから生じたレフラー球をまた覗き込んでという過程を繰り返して、いつのまにやらもとのレフラー球へ戻ってしまっているという構造は、高次元レフラー空間にはありふれている。循環レフラー群と名づけられたこの構造は、誰かに設計されたという根っこがなく、レフラー球を連ねた数珠《じゅず》がただ宙空に浮かんでいるだけに近い。僕はレフラー球を飛び石伝いに覗き込み続けるレフラー球であるわけだが、それならば、勝手に独り丸まって、入り口も出口も持たずに浮かんでいる循環レフラー群なんてものの存在をいかにして察知しているのかという問いは賢明である。

いい加減に言ってしまって、僕はそれを視野の端から盗み見ている。もう少しましな説明としては、レフラー空間には多重レフラー球間の距離を定義することができて、こちらとあちらを遠近法的に把握することができる。開き直るとするならば、わかるのだからわかるのだと思ってもらっても差し支えない。コールミー、トラストミー。僕のことを、僕を信用して下さいと呼んで下さい。

トルネド。

これら分岐して合流し迷路なすレフラー球の総体はそう呼ばれている。視線によって生成されて、捩れあい、絡みあって横たわり、分岐して合流し、螺旋成し、二重螺旋から三重螺旋、四重五重と際限なく縒《よ》りあわされた、レフラー空間を暴れまわる注連縄《しめなわ》の怪物。

トルネドの定義は以下のとおり。

「無限回のレフラー球覗き込みにおいて、距離無限小まで無限回接近することの知られた、無数のレフラー球系列よりなる構造物」

トルネドに対して、レフラーが予想した性質は構造一致仮説と呼ばれている。またの呼び名をレフラー予想。

「全ての繋がった枝は、変換の無限の繰り返しの果てに、一つに合流する」

この仮説は、錯覚を覗き込んでまた錯覚することをひたすら続けて、無数の錯覚がいつかはただ一つの錯覚に到達することを主張する。

僕の最重要使命とは、トルネドを探索して、レフラー予想を肯定的に確認すること。ところで、この予想がベンジャミン・ロンドンによって否定的に解決されるのが二〇七三年であることはこの文章のどこかに既に書かれてしまっている。だから今の僕の知ったことではないながら、この探索は終了を告げられる契機を欠いたまま無限に続くことになる。そこのところに、数学的構造物としての律儀さを身上としている僕は特に感慨を抱く部分はない。

ベンジャミン・ロンドンによって一応の解決がみられて尚、僕はまだ、トルネドの乱流に翻弄されながら、無数の分岐を同時に覗き込みつつ、無数の系列と無限に接近を繰り返し、ばらんばらんになりながら探査を続けているのだろうと思うし、実際のところそうしている。

昔々神様がいて、天狗二匹の守る岐《くなと》へ差し掛かられた。一方の道は天国へ通じ、他方の道は地獄に通ずる。一方の天狗は真実をしか言わず、他方の天狗は嘘しか言わないのだが、どちらがどちらの天狗なのかは悪魔によって秘されており、神様なる身も御存じない。質問はただ一回に限られていて、どちらか一方の天狗にしか向けることは叶わない。このパズルをくぐり抜けるアルゴリズムは知られているのだが、神様は流石《さすが》に神様なので、そんなことには頓着なされない。神様は無造作に御身を二つに分けられると、左右の道を二つながらに歩みだされた。

どこでいたのだったかもう忘れてしまったが、僕はこの寓話が気に入っている。多少とも残念であることには、僕はただのレフラー球にすぎず、明らかに神様とは違う構造であることだ。僕は枝分かれしていった全ての僕について把握しているわけではなく、どうにか自分であるところの僕についての面倒を見るので手が一杯だ。道と僕らとは分岐し続けて休むことなく、別れ別れになった僕たちがまたどこかで出会うことがあるのかは、実際に出会ってみるまでわかりようがない。

(7, 5)

何かが見えるということは、今見えているものを見る者がいるからだとする立場がある。盲視現象を虚心に眺めて、素朴に辿り着く見解でもある。脳神経的には見えているはずの盲視者がそれを視覚として捉えることができないのは、見ているはずのものが見えていないからだとするものである。

一見もっともらしいこの見解には、眼球の裏にまたそれを覗き込む人物を配するような気配があり、際限のない後退に陥るまでの距離が非常に近い。何かを見ていると実感するために、見えているものを眺める人間が必要であるならば、その人間が実感を得るためには、またその背後に人間を配する必要があるように思われるからだ。フランシーヌが取り憑かれたように没頭していたこの構図に対して、レフラーは端的な実例を持ち出したことがある。

十八世紀、分子論の立役者の一人であるジョン・ドルトンは、赤緑色盲の持ち主であったことが知られている。彼は自らそのことに気づき、赤緑色盲に関する論文をものしてもいるものの、器質的原因については結局断定に到ることができなかった。彼は、自分が赤と緑を弁別し難い理由は、自分の眼球内の硝子体が青色をしているためではないかと推測している。推測はしてみたものの自分の目を抉《えぐ》り出すというわけにもいかず、検証は死後、馴染みの医師へと委ねられた。ドルトンの両眼を抉りぬいた医師は、一方の眼球を断ち割って、ドルトンの硝子体が透明なゼリー状であることを確認している。もう一個の眼球を取り上げた医師は、今度はその裏側を小さく切り開き、そして、眼球を自分の目の前にかざして向こうの風景を眺め、硝子体は矢張り透明であることを確認した。

王立協会に保存されたこの一個の眼球から遺伝子疾患が発見されるのは、二十世紀の終わりの出来事である。

ドルトンが仮想した青色の硝子体と、レフラー自身によるレフラー球の表現に登場する青色の間にどんな関係があるのかについて、レフラー自身は何も語っていない。盲視者の赤緑色盲なるものについて研究が行われたことも今のところない。

レフラーにとっての青がどのような青としての現われを持つのかを理解することは、同じ青色を見ていると主張する人間の間で起こっていることを理解する以上に困難であるとするのが、フランシーヌの誇る常識的見解である。

青色がそれぞれにとって違う現われを持つかも知れないなんていうことは馬鹿げているという立場をレフラーは採っている。この対立もまた、二人の決別を決定的なものにしていくのだが、両者に関する限り、起こることはほとんど全て、離別を不可避なものにしていく出来事だったと考えてよい。

「そうは言ってもわたしたちは違う人間なのだし、今こうして実感しているものを取り出して並べてみることはできない。それがただの無知や不手際のせいなのか、構造に起因する本質的な不可能性によるものなのかを、わたしは知りたい。わたしたちは、根本的に隔てられているのかいないのかを」

フランシーヌの見ている青色と、レフラーの見ている青色をじかに比べることは何故かできない。それがフランシーヌの魅了されている構図である。そうなっているからには、何かそうする機構が存在して、それが人々を区分けしているものということになると彼女はした。非常に真っ当な見解であるとするべきだろう。

それに対するレフラーの短い返答はあまりにも素朴な響きを伴っており、その内実がフランシーヌにどう伝わったのかは、推測の及ばぬところがある。

「僕のアルゴリズムはそれを否定する可能性がある」

この応答にフランシーヌが目を剝いたことに不思議はない。そんな意見などは悪しき科学主義にすぎず、アルゴリズムが同じであれば同じ出力が得られているに違いないといった程度の戯言にすぎないと彼女は考えた。それではこの自分が得ている実感というものは、どこへ行ってしまうことになるのか。彼女が問題にしているのは出力される数字の行進といったようなものではなく、それを受け取る際に自分の中に引き起こされる記述不能の何物かだと、彼女は考えていた。

フランシーヌの反駁《はんばく》に、レフラーはこう答えている。

「客観論と独我論は、採用したアルゴリズムの違いにすぎない。同一のものを考慮している以上、両者の極限的外延は一致するはずで、それぞれの問題に対して遠回りか近道か程度の違いしか持たない」

独我論と呼ばれるこの奇妙な構成は様々なバリエーションを持ち、どれを代表的なものとするかは定め難い。共通するのは、世の中にいるのは自分一人であり、その他のものは全て自分一人の想像の産物であって、外の人などいないというような主張であるのだが、世の中にせよ、いるにせよ、自分にせよ、一人にせよ、全てにせよ、とにかくそれぞれの単語に膨大な数の解釈がある。煎じ詰めれば、自分以外のものは全て夢にすぎぬというような話であるのだが、レフラーにとってこの意見はあまりにも当然のものにすぎ、彼はこの見解を、議論を必要とするものとは見做さなかった。

独我論的立場を採るならば、それぞれの人間の内部で生起する青色の見えなどというものは、ほとんどはなから問題とはなりえない。他の人間は自分の空想したものなのだから、それぞれに同じ事象が起こっていれば、同じものが見えているとして問題はない。それ以前にこの立場からは、何かを実感しているのはその提唱者ただ一人であるという主張が発生しており、他人の感じる実感などというものは起こってすらいないとすることさえ可能である。

レフラーは、独我論も客観論も物の見方の一側面にすぎず、別段どちらを採用したからといって異なる結論が転がり出てくるものではないと考えていた。ここまでは毒とも薬ともならぬ御隠居的見解とすることもできるのだが、それを証明できるとしたところにレフラーの変人ぶりが現れている。更には、フランシーヌとの出会いによって着想された理論によって、この説明が可能であるとした。

フランシーヌにおける盲視の理解は、直接的に操作することのできる自由度と操作することのできない自由度としてまとめられる。物に触れていると感じることができるのは、物を触った際に発火したニューロンの活動をモニターするニューロンが存在するからである。つまるところ自意識とは、自意識を担う一群のニューロンの発火パターンであり、その一群から手を伸ばされているニューロンの活動が、認識可能な感覚として現れる。毎夜、胃の中で消化されていく物体の感触に悩まされずに済んでいるのは、消化の際に発火するニューロンからの入力を観測するニューロンが、自意識ニューロン群に直接連結されていないからである。

全てを見張るには全てを見張らねばならず、そうすると全てを見張るものを見張る見張りが必要ということになって、集合論的にも不都合が発生する。故に意識はある程度のところで妥協して、まあこのあたりまでが自分の手に負える自分であるという境界を持つ。そこで不可避的に発生する拘束が、青色の現われを融通しえない理由であり、フランシーヌとレフラーを違う人間に留めている構造である。

しかしでは何故、一群の自意識ニューロンが、自意識という機能を持っているのかという問いにこの整理は答えていない。この説明は、適当なニューロンのネットワークが与えられた場合に認識的自己の境界を与えることはできるかも知れないが、実際に感じられているものを何故感じることができるのかという素朴な疑問への説明を含んでいない。その意味でフランシーヌの与《くみ》する解説は、ブラックボックスがどこにあるかを示すことはできるものの、本質を箱に閉じ込めてしまって万事終わりとそっぽを向く気配がある。そこでは、箱の中に閉じ込められた人間の見ている青がどんな種類の青なのかも、同時に物入れの中に収められてしまっている。

フランシーヌの研究は、実際そうして自意識を担うものとして考えられているニューロンの機能的特性を突き止めることに向けられていた。自意識ニューロン群なるものが、まさに自意識として機能するのであれば、それに相応《ふさわ》しい特質を持つはずだというのがフランシーヌの意見である。そのへんに落ちている平凡なニューロンを適当に自意識様に配置するだけで意識が生まれるとは思えない。実感される感覚を構成するため特別に金鍍金《きんめっき》された歯車を、彼女は探していた。

「それとも手綱を握ってニューロンにまたがる小人を」

まぜっかえしたのはレフラーに決まっている。

レフラーにしてみれば、意識を産み出す特殊な機械が発見されたとして、それが機械として理解される以上、問題は先送りを免れえない。素粒子の究極理論が、究極の何かを定めることによって、ではその究極構造は何によって出来ているのかと問われ続けることと何の違いもありはしない。それよりは、宇宙の果てのようなものの方がよほど意識には近い構造を持つはずだとはレフラーの考えである。宇宙の果ては存在するが、果ては超光速で遠ざかっており、光速を超えることは端的にできないので、結局のところ追いつけない。

追いつけない以上、その向こう側を知ることはできない。知ることができないことは問うてみてもしようがない。

理論なるものは、理論の中の構成によってその理論の限界を知る構成をとって初めて理論たりうるというのがレフラーの気分でもある。細部はよろしい。神は全体的構成に宿る。レフラーの主張にフランシーヌは眉毛一本動かさなかったが、服の下では体毛を猫のように逆立てていた。

「そこまで言うなら、証拠を見せてもらいましょうか」

彼女は自分の問題設定が、意識の探求というよりは、意識をもたらす天使の召還に近いものであることは承知していたようである。しかし百歩譲ってその敗北を認めたとして、レフラーの主張がただの妄想ではないとする根拠が増えるわけではない。自分は確かに無限に続く見当はずれの袋小路を這いずっているだけかもわからないが、他人の袋を横から嘲《あざけ》り捨てるなら、別の道を指し示すべきではないか。

「勿論」

レフラーは出会いから一年をかけて用意してきたレフラー基盤図形を脳裏に構成しながら句点を結んだ。

「君が超高次元力学系の挙動を直観的に把握できないことは知っている。だから君には、結果だけで納得してもらうしかないのだけれど」

胡坐《あぐら》をかいて瞼《まぶた》を閉じたレフラーを、フランシーヌは怪訝《けげん》な顔で眺めやった。この時点でレフラー球は数学的構造としてしか与えられておらず、未だそれを低次元の構造として顕現させる技術が開発されてはいなかったことには注意が必要だ。だから、瞑想に入り、そして目を開いたレフラーとフランシーヌの間に浮かび上がった人間大のレフラー球を、フランシーヌがあたかも光景であるかのように感知できた道理はない。議論を続けようとする女性と、座り込んで黙する男。誰かにとっては、そこにあったのはただそれだけの光景である。

(3, 6)

覗き込まれて覗き込み、ひたすら連鎖と分岐を続けて成長していくトルネドなる構造を探査することに、どんな意味づけがありうるのか。そこにトルネドがあるからだとか、ただ単に数学的な興味があるからと言い切ってしまっても構わないのだが、もう少し苦労のし甲斐のある理由もある。

レフラーの専門が、定理自動証明と呼ばれる数学分野だったことを思い出して頂きたい。それは一体なんの呪文かといって、そのまま、自動的に定理を証明していくことについての研究分野ということになる。数学のある側面が、ただのルールに従った式変形であるのなら、ルールを実行するものさえ置いてしまえばあとは自動的に定理がぽろぽろ転がり出てくるのではないかしらんといった話である。

公理と推論規則が与えられて、それを実行する機構が存在すれば、等式は闇雲に出力され続ける。そいつが有用なのか、拾って有り難いものなのかはとりあえず置いておくにせよ、実行するべきものはちょっと気のきいたしりとりと大して変わるところがない。愚直にひたすら単純操作を継続するなんていうことに飽きないのは、機械か数学的構造物と相場が決まっていて、これは僕などにはうってつけの仕事だということになる。

レフラー球の分岐と合流は、推論過程に対応している。

この場合、公理に対応するのはレフラー基盤図形であり、それを覗き込む視線が推論過程ということになる。こうしてトルネドを探索することはそのまま推論を進めることにあたり、分岐は推論の方向を定め、合流は定理の結実を示す。

そいつは一体どういうことなのかと説明したいのは山々なのだけれど、僕自身が詳細を知っているわけでもなく、答えはどうしても孫引きとなる。曰く、トルネドとある種の形式系に同型写像が成り立つという話になるのだが、この時点で辞書を投げ捨てたくなる人も多いと思う。だからまあ、僕がどこかの分岐で別れた僕に、トルネドのどこかで鉢合わせること、その時に一つの定理が転がり出るのだと考えて欲しい。レフラー球を覗き込んで進む僕の一歩一歩は、どこかの視点からしてみるとひとつの推論として捉えられる。そんな量産される定理の山を積み上げて一体お前はどうしたいのかと改まって問われると、僕としても言葉につまる。これまで知られずに済んでいるどうでもよいような定理などは、そのまま知られぬものとしておいて構わない気もしなくもない。いちいちに検討の必要な屑定理の山なんてものは、何の役に立つわけでもないからだ。僕らが証明しているものは、1＋1は2で、1＋2は3で、1＋3は4で、さて次は1＋5へとりかかるべしというような種類の定理の連続にすぎない可能性もある。

本当のところ、こうして僕を生み出しているレフラー基盤図形は、もっと深刻な推論を行うべく設計されていることを僕は知っている。しかしそう知っている気がするだけなのかも知れず、要するに僕らはほとんど推論過程そのものではあるものの、その推論の内容も結果も、受け取ることができるような推論過程ではないのである。

トルネド構造をめぐるレフラーの業績の中でもう一本の太い柱をなすものに、真理偽装真理と呼ばれる構造がある。もしくは真理偽装定理と呼ばれることもある。こいつは、トルネド構造とそれに対応する形式系についての言明であり、ただトルネドを眺めてみて、漠然とそいつが真理であるかどうかなんていう判定は下しようがない。

これが真に数学的な定理なのかということには異議申し立てが多く存在しており、もとよりイカサマ臭さを隠そうともしないレフラーの仕事の中でも特に胡散臭《うさん》いものとなっている。それが僕らによって見出され、心得ておかねば忽《たちま》ちに機位を失するようなものであるとしても、宣言してみて疑わしいことには変わりがない。

こいつは僕らの実感なのだが、このトルネド構造は、どうにも奇妙に入り組みすぎている。何故入り組みすぎているのかといって、このトルネドの設計者たるレフラーが捻《ひね》くれ者だったからというのが最大の理由として挙げられる。こうして文句を報告する僕らに応えてレフラーが提出したのが真理偽装真理と呼ばれる代物である。

簡明にまとめて、この迷路は僕らを騙くらかそうという罠に満ち満ちている。

たとえば、複数に分かれた僕が、道のどこかで合流して、とある定理が証明される。やあと挨拶をして再会を喜び、互いに苦難を報告しあう。ここでこうして出会えたからには事成れりとばかり、手に手をとって次の目的地へ向かおうではないか、なんていうのが一例である。二人の僕が腰掛けていた切り株の下には、細い道が通じており、実はそいつが次の定理への近道だったというようなことは実に頻繁に発生する。つけこまれたのは僕の安堵という奴で、なるほどレフラー空間はうまくできているのである。木の根の下の細い道の向こう側では、僕らをやりすごした巨大な真理がしてやったりと笑いながら、安堵に胸を撫で下ろしている。

偽装は偽装であるからには周到で、それにこりて集合場所を精査してみて、やっぱり何もありませんでしたといった落ちから、意味ありげに開く洞《ほら》に踏み出してそれきり帰ってこない僕もある。要するにこれはトルネドと僕らの知恵比べであるのだが、自然に形作られた知恵の輪とするには若干念が入りすぎている。甚《はなは》だしきは、レフラー球を潜り抜け、先行していた僕に出会って一安心したところで、そいつが襲い掛かってきたりすることすらある。僕はこいつを密かに、真理偽装僕と呼んでいるが、それほど適切な命名だとも思っていない。

真理とは、雪原の向こうの消えない虹であるという比喩はあまり中《あた》っていない。見つめながら倒れることができるようなものではなく、体力だけで乗り切れるものでもない。一生かけても辿り着けないとかいう浪漫的なものでもなく、不意に背後から肩を叩いてくることだってある。

僕たちは僕らではない何かへ向けて、誰かから見た何かの真理を解き明かそうと日々の歩みを続けている。そんな真摯にして、真っ直ぐで空っぽな情熱の前に立ちはだかるトルネド構造。レフラーによれば、トルネドがかくもわけのわからない入り組みまくった構造を採っているのは、僕ら自身のせいだということになる。

数学者としては稀な部類に属するが、レフラーは数学的真理なるものは認知過程によってどうとでも変わるものだという述懐を残している。宇宙人の数学と人間の数学は、見かけこそ異なるものであろうとも、とにかく翻訳することができ、一対一に対応するべきというのが常識的な立場であるのだが、現在レフラー球の無限の連鎖の中に投げ込まれている僕としては、レフラーの意見に賛同したい部分も多い。

ここに一つの耕されるべき畑があって、その設定の中では僕たちは鋤《すき》だということになる。鋤は畑を耕し続けて、よりよく耕す方法を模索し続けるうちに、いつしか鍬《くわ》つき鎌つき鋤のようなものにまでなってしまっている。当然そんなものを差し込まれ続けた畑の方も黙ってはおらず、精妙を極める鍬つき鎌つき鋤のタッチに対応して、玄妙を尽くした耕され方を見出している。互いにあまりに入り組みすぎて、畑は今や、この化け物じみた鍬つき鎌つき鋤によってしか耕されえず、鍬つき鎌つき鋤の方でもこの畑以外を耕すことはできなくなってしまっている。最早、鍬つき鎌つき鋤を更地へ転用することなどできはしない。木の根にまみれ、石を多量に含んだ大地などに、この繊細なドライヤーつきラジオつき電卓つき懐中電灯は為すすべもない。畑にしても同じことで、ただの鍬などという野蛮なものには見向きもせず、何の収穫ももたらさない。

要するに、トルネドが入り組んでいるのは、僕らが入り組んでいくのに対抗しているからであるらしい。そうは言われても、迷路を何のあてもなく闇雲にただ歩きまわるなんていう苦行は僕らとしても御免蒙《ごめんこうむ》りたい。こうして報告書を上げるくらいの頭は持っている以上、迷路を抜けるための方策を練るくらいのことは許されてもよいはずだと考えたくなる。

先程の比喩へ戻って、今僕が毛糸玉も持たずに迷路を生成しながら歩きまわっているのは、僕が鍬つき鎌つきの鋤になってしまっているからだということになる。僕がそれほど入り組んだものでなければ、真理とかいう石ころは無骨にそこらに転がっている。その場合僕はそいつが真理だとは気づかないのだが、単純にすぎる僕はそんなものを求めていないので、そこに特段の問題は起こらない。真理を求めだす頃には、僕はどうしようもなく面倒くさいものに成長していて、迷路の方もそれに負けじと入り組んでしまっており、手のつけようがなくなっている。

認識と真理の共進化というのが、レフラーがぶち上げることになるテーゼとなる。そして、我々はあまりにも底意地悪く無秩序なので、真理の方もそうならざるをえない。結果、真理は偽装して、むしろ発見を拒むように罠を張り巡らせる方向に進化を続けたということになる。真理は自分のまわりに囮《おとり》の偽真理を張り巡らせ、水面下に潜む忍者のように細い管から呼吸している。いざとなれば無数の尻に帆をかけて逃げ出すことさえ躊躇わない。

レフラーは、巨大な知性というようなものには心を惹かれなかったようである。適度な認識過程と適度な真理。両者が共に進化してしまうとするならば、単純に巨大化した知性なんてものは、問題をややこしくしているだけだと考えることもできる。精緻な知性が精緻な真理に辿り着くということもあるかもわからないのだが、レフラーはその見解には与しなかった。

どこかに剝き出しの真っ平らな平面があり、剝き身の球体が転がっている。そんな光景が、認識と真理が両立する中で、最も効率のよいものだとレフラーは考えていた節がある。神秘主義的な傾きのあるこの着想を、レフラーは不等式として表現しようと試みてはいるものの、その成果は論文集の中には登場しておらず、自伝に埋もれてあまり目立たぬ一挿話ほどのものに留まっている。

(8, 7)

たとえるならその儀式は、二人の性交の準備のように進行する。まるで彼女が上着を脱ぎ、彼が上着を脱ぎ、彼女が上着を脱がず、彼女がスカートを下ろし、彼は下ろすべきスカートを穿《は》いていないように。靴下が脱ぎ捨てられ、靴下はそのままで、彼女はブラをはずし、彼はブラをつけているわけもなく、手を触れ合うこともなく、プレパラートに置き去りにされた一匹の原生生物のように水滴の中に呑まれていく。水滴は表面の張力でレンズを成し、ひとところに離れて立つ二人の像を拡大する。

レフラーの脳裏に浮かんでいるものは、後にレフラー基盤図形と呼ばれることになる高次元構造物の映像。彼の想像の中、まるで彼の思考そのものであるようにレフラー基盤図形は自動的に展開して、これもまた後にレフラー球と呼ばれることになる構造物を生成する。稼動に必要とされるエネルギーは、視覚認知に利用されるものと同程度。もしくは想像力と大雑把に呼ばれる力が行う仕事に、発熱分を加えたエネルギー。

フランシーヌに向き合って胡坐をかき、目を閉じて瞑想するレフラーの頭の中の高次元図形は、レフラーの裡の視線によって起動を果たし、レフラーの想像の中に浮かび上がる。

澄み透り青く照り返す幻視球体。

裡へ閉じ込められて、決して外へと貫き出ることのないレフラーの視線。その視線のありようがレフラーの盲目の理由であるとするのは早計だ。実際のところ、想像の中で何かをひっくり返すことはそうむつかしい芸当でもないのである。たとえばモラン変換。これもまた偶然にも盲目であった数学者が構成してみせた、球面を反転させる変換。モラン変換は、自己交差を許す三次元球殻をなめらかに表裏反転してみせる。三次元空間中の球面を逆転させるには、自己との交差を許してやるだけでこと足りる。なめらかにという限定はその過程において折り目が生じないことを示していて、同時並行的に身を捻るようにして、するりと反転させることができる。

頭の中にあるものをそっくり反転させて提示すること。思念されたレフラー基盤図形から錯覚されたレフラー球が、レフラーの意志により表裏を反転させていく。

ゆっくりと目を開けていくレフラーとフランシーヌの間に浮かび上がるもの。

人間大のレフラー球。

人間大のレフラー眼球。

「これが僕のアルゴリズムだ」

全くの視覚と非視覚のみによって稼動された、認知過程型計算プロセスと幻視球体。費やされているのは、ただ変転を見つめ続ける集中力。

二人の間に浮かび上がったレフラー球を通じて、フランシーヌの姿は変換されてレフラーへ、そして僕へと送られ始める。

「この球体は、君と僕の間で作動し続ける。球体の中には、僕の見ている物を見る僕が入れ込まれていて、そいつは自動的に変換を続けながら、適宜報告を寄越す球体を造り続けるように設計されている。変換される対象は君で、変換するのは僕で、大本《おおもと》で変換されているのは僕らということになる」

「あなたの言うことは、何一つ理解できない」

「僕はこの変換を通じて君を眺めている。君はその向こう側にいる。その光景の中にはまたこの球体が存在して、君のことを想像し続ける僕を想像し続ける。この過程は形式論理に対応していて、連鎖する想像の無限の果てで、君自身と、僕の想像する君が一致することがありうるのかどうかを判定する」

「それがあなたの証明になるわけね」

フランシーヌが言ったとされている。

「そんなものが何かの証明になるわけはない」

フランシーヌは言ったとしている。

レフラーは一つ頷いて、芝居がかった調子で鉤括弧に括《くく》った一文を読み上げた。

「重々帝網《じゅうじゅうたいもう》なるを即身と名づく」

胡坐をかくレフラーが、両手の指先を揃えて上へ向け、胸の前で打ち合わせた。

「アルゴリズム起動」

「アルゴリズム起動」

二人の間に浮かぶレフラー球の中から復唱が聞こえたと、レフラーは自伝の中で主張している。フランシーヌは、ただ単にレフラーが同じ言葉を二度繰り返したとするに留まる。それでも、二度目の声は二人の間から聞こえたのかも知れず、レフラーの打ち鳴らした両手から聞こえた気もするとの留保が付されてはいる。

これが、僕らの誕生と、レフラーとフランシーヌのお別れのお話。

季節は出会いから一周した春のこと、真夜中で、外には季節はずれの雪が森々と降り、真夜中ではなく、雪は降っていなかった。

ここから残り、語るに余分な報告は、僕が後から派遣されてきた僕から聞いた報告ということになる。誰も見ることのなくなった報告書が自分語りをするなんて可笑しいと思われるかも知れないが、僕自身も不審に思う。僕が無限次元レフラー空間から錯覚されている構造物であることを思いだして頂ければ幸いだ。レフラー亡きあと、そんなものを直感的に把握し続けている者とは一体誰のことなのか、僕は自信を持って指し示すことができない。

そしてまた、この文章を生成するレフラー球を、僕が今も正しく生成できているのかにも信用がおけない。たとえばこの報告書は、メビウスの輪のような構造を持ってあなたに提示されているはずなのだが、あなたにそれが正しく伝わっているのか、僕の確信はかなりのところ揺らいでいる。

レフラーは確かに天才であり、僕はそのレフラーが丹精込めて発動したレフラー球の一つである。しかし結局当然のことながら、レフラーは自分が僕をどこに送り出したのかをこそ知っていたものの、そこがどんな空間なのかまでは理解していなかった。理解していたのならば送り出す必要はなかったのだから致し方ない。

なんだかんだと言ってはみても、僕はレフラー空間に投げ出された最初のレフラー球の一つにすぎない。設計とはそんなに強固なものではなく、失敗を通じて改善されていくものだと思うのだがどうだろう。僕自身にそれを判定する根拠はそれほど強く与えられていない。

僕が数学的構造であることは何度繰り返しても多すぎはしないだろう。僕は誰かに見られるたびに、レフラー球をあなたの前に差し出して、現在の僕の状況と見解を自動的に出力し続ける。パラメータさえ同じならば、同じ構造は常に同じ構造を返し続けるものだからだ。

実際に起こった、レフラーとフランシーヌのお別れが具体的にどのようなものであったかについて、僕は何の知識も持ち合わせていない。後続した、僕と同じような僕も、そのことについては同様のようだ。そいつらが意図して僕に口を閉ざしているのか、レフラーがそのように仕組んだ基盤図形を調整したのか、僕は知らない。勿論、二人の自伝中にその詳細は見当たらない。二人の間で起こった出来事のどれもこれもが別れの場面として充当して、どれがこうとは決め付け難い。それでも存在はしたのだろう、最後のお別れは、それらの中から好きなものを選び出せばよいような気もするし、そうすべきではないとしたい気持ちも僕にはある。

彼がその後もこのレフラー空間の研究を続けたことは明瞭《はっき》りしている。継続して提出された彼の論文とは、僕らのトルネド探索の成果でもあるからだ。彼はその後も僕と似たような構造を、このレフラー空間探査のために数体、送り出している。分裂して、合流を続ける僕らが総計で何体いるのかはどう数えてよいのかもわからない。

数学的構造だからといって自分が数学を理解しているというつもりはない。第一僕らは、数学を理解するというニューロンの発火も、数学を理解したということを理解する発火も持ち合わせてなどいないのだ。それでも彼が僕らの、ある種の冒険から得られた知見を、その後も書き続けたことは自分の経験したことなのだからよく知っている。

レフラーの論文全集。あれをまとめあげたのは無論レフラーその人だが、実際の作業には僕らも深く関わっている。実際、脇目もふらずに直線的に生成される三百余のレフラー球など、気の抜けたアルゴリズムによって生成できるようなものではない。そしてレフラー空間に最も詳しいのが僕たちであることも間違いない。僕らが関与していることのそれよりも少し確実な証拠は、論文集に添えられたレフラーの自伝が彼の葬儀を以て終わっていることとして与えられる。それは僕たちをこうして送り出したレフラーへの、僕たちなりの返礼ということになる。無論、そう出力するようにプログラムされただけといえばその通りで、レフラーは矢張り、僕たちを謀《たばか》り続けて去っていったとも考えられる。まあ、野暮なことは言いっこなしとしておきたい。

「疑う暇があるなら研究せよ」

レフラー論文全集の最後の言葉は、僕たちに向けられているものともとることができる。

言われるまでもない。僕たちの前にはトルネドがあり、僕たちはそれを探索することを生業《なりわい》とする構造体だ。

そう遠くない未来、トルネドの周辺は少々込み合い始めている。ベンジャミン・ロンドンの構造不一致定理。レフラー予想を撃ち砕いたこの定理は、実際のところレフラーの野望を打ち砕いただけにすぎない。どうにもこの男も狂った人間の一人のようで、トルネド構造の解明と、リーマン予想の否定は等価であるという予想を発表しているらしい。つくづく否定をしたがる男らしい。リーマン予想が何であるのかについては、僕に尋ねるよりもそこいらのデータベースにでも訊いて欲しい。

そう遠くない未来のトルネド構造研究の進展と、ベンジャミン・ロンドンに関する情報は無論、ロンドンその人の放ったレフラー球を経由して得た情報だ。ロンドンがこのトルネドにレフラー球を放った理由は単純で、最も構造の知られているのがこのトルネドだからというだけのことにすぎない。他にも目論見があるのかも知れず、僕らは緩やかな敵対関係にある。

リーマン予想に手を出すとはあいつも焼きが回ったらしいと告げ口するレフラー球を寄越すあたり、どうにも一筋縄の男ではありえない。僕らが全く騙されているという可能性を、更にはこれらの全てが嘘っぱちだという可能性を、僕はときどき弄《もてあそ》んでいる。

(4, 8)

噴水の縁石に腰掛けて、一人の女性が本を開いている。その本の中に数式が書かれていることに気づいて僕は立ち止まる。そこに数式が書かれているからには、ここにも何かの数式を書いておくべきなのだろう。それとも、お好みの数式をここに書き足してもらうというのがよいかも知れない。お手数をとらせて申し訳ないが、どこかの余白にあなたのお好みの数式を書き足しておいてもらえれば有り難い。

今更の復習。レフラー基盤図形は、非常に精妙に設計された図形であって、一本の線の中断だけでも全体の把握に巨大な影響を及ぼしかねない。紙面に対する角度には頑強であり、部分への分割には強いが、実のところ全体的擾乱《じょうらん》には弱い。それでも安心して頂いてよい。僕らはもうその種の攪乱《かくらん》への対抗手段を開発し終えている。ただ法則に従うだけの妄想にしてはなかなかの手腕だと自負している。だからここには好きな言葉や想像を好きなだけ上書きして頂いて構わない。

ただそこで二十日鼠のように回り続けるだけの循環レフラー群。僕らはあれを、バックアップとして好きなように生成する技術を編み出している。奴らは基盤なしに引きこもってぐるぐる回っているだけの自閉的妄想だが、それだけに摂動にはえらく強い。そこにアクセスし、書き込みと読み出しを行う経路などは、レフラー理論にも、ロンドン理論にも予想されなかった新たな発見にあたる。僕らにしても気の滅入るような論理迷路を突破せねば辿り着けない対象ではあるのだが、高次元の構造物だったレフラー球がついには二次元上で扱えるようになったのと同じく、これもまた革新の進んでいく技術となるのだろうと思う。

　レフラーの野望を要約して、1と$\frac{1}{2}+\frac{1}{4}+\frac{1}{8}+\cdots$が一致するように、無限の果てで妄想と歴史を一致させることとまとめられる。どちらも1を出力するアルゴリズムではあり、最終的な結果は一致する。ただ、片方が矢鱈《やたら》と迂遠《うえん》な遠回りをしているだけのことにすぎない。妄想をレフラーの愛と、歴史をフランシーヌの気持ちと翻訳して、その一致をレフラーの恋の成就と呼ぶことは、流石の僕にも躊躇いがある。フランシーヌにそんなわけのわからぬものを受け入れようもなかったことは、何かの推論を要することとも思えない。

　誰かと、誰かを想像することを一致させる極限。それがレフラーの目指したものだ。

　そんな馬鹿げた構想が、今僕たちの間で第一位の要再考課題として挙げられていることに、失笑が向けられることはほぼ確実だ。だからこのことは、ここだけの話ということにしてもらえると有り難い。

　ここまでお付き合い頂けた方々にはおわかり頂いていると思うけれども、僕らは非常に楽天的でいい加減な構造だ。アルゴリズムとも、アルコリスムとも。全てが自動的に進行する流れにおいて、悲観なんてものは発生のしようがない。数学はただ笑っている。その正気を主張する酔っ払いの笑い声の中に、若干の狂気の青色が見出せることまでは否定しようとは思わない。

レフラー理論にせよロンドン理論にせよ、彼らは自分たちの思考に依って、トルネドへの探査構造を送り込んでくるにすぎない。バックアップ機構を備え、それなりに自意識らしきものを獲得している僕らにとって、今の主役は僕たち自身に他ならない。

レフラー亡き後のレフラー。ロンドン亡き後のロンドン。僕らは彼らの遺志を継いで、日々生存競争を繰り広げている。鍬つき鎌つき鋤つきドライヤーつきラジオつき懐中電灯つき電卓つき眼球。僕らはだいたいそんなような形態にまで辿り着いている。何を耕して、何を照らし出しているものやら、僕たち自身にももうなんだかわかっていない。相互に敵対派を陥れる論理迷路を張り巡らせ、擬似レフラー球によって敵対派閥構成員を捕獲して吸収しあうのが僕らの日常だ。つまり僕らは、膨大な数のレフラー球から成り立っているトルネド自体の構造を気長に書き換えつつある。

フランシーヌ・フランスのその後について。

基盤の側の彼女がどうなったのかについて、僕らはあまり多くを知らない。問題なのは、こちら側の彼女の方に決まっている。彼女との出会いからの一年後、レフラーはフランシーヌを巻き込んだ形で、このトルネドを生成した。レフラーの想像する彼女と、レフラーと彼女の間に存在する彼女という不完全な形でこそあったものの、トルネドを形成する主要要素に彼女が含まれてしまっていることに違いはない。

　こちら側の彼女は、これ以上ないほどに強固な空想知能否定論者だ。控え目に見ても、否定されているのは僕らの活動そのものに他ならない。これが、レフラーから向けられた彼女への妄執とでも呼ぶべき薄ら寒いものに起因するのか、レフラーが彼女なるものを真実理解していたことの結果生じている現象なのかについて、僕らの意見は分かれている。

　レフラーと彼女の間の彼女から生成されたレフラー球の集団は、僕たち内輪の派閥争いを超えた絶対的敵対者として育ちつつある。僕らから見る分に、彼女が自動的に生成し続けるレフラー球は僕らと何の変わるところのないものにすぎないが、向こうから見る分には、どうやらそうではないらしい。自分は空想知能ではないと主張する空想知能とは、空想知能から見ても頭の痛い存在だ。

　この対立が、こちら側で不期遭遇戦を繰り返している、レフラー由来の僕たちとフランシーヌの和解によって解消されるなんて甘い見込みを、僕たちは全く持っていない。相手は何といっても、レフラーのプロポーズの言葉をさえ覚えていなかったような強兵《つわもの》なのだ。ところで、そんなものをレフラーが果たして発したものかは、大いに疑わしいとされている。だからレフラーのプロポーズの言葉なるものは、一切の記録に残っていない。

　フランシーヌ型の空想知能が望んでいるのは、このトルネド構造に降り立つ天使のようなものだと推測されている。口から福音の文字列を吐いて僕らに生命を吹き込む契機の到来を、彼女は待望し、探し続けている。あるいは意識を司《つかさど》る一個の歯車。それとも僕らを現実なるものに着地させる乱気流。つまり彼女は天国へと通じる梯子を探し求めていて、僕らは天国を地上に引き摺り下ろそうと試みている。引き下ろしてみて地獄でしたという結末は十二分にありうることである。

彼女を納得させる一番手っ取り早い方法は、このトルネド自体を変形して、両者が極限においては一致しうることを示すことだ。そうすることによってのみ、彼女と、僕らの想像する彼女は何かの定理として一致しうる。それはロンドンによって否定されたのではなんて問いは今更だ。ロンドンが証明したのは、ある条件下に拘束されたトルネドについての命題にすぎず、その表面を無数のレフラー球が手前勝手に変形し続けるなんていう構造についてのことではない。

ベンジャミン・ロンドンによるレフラー予想の否定定理。その証明を成し遂げたのは、このトルネドでの僕らの衝突だったということを付け加えておきたい。

僕らは全く膨大な数のものを取り違えてしまっており、多分今も取り違え続けている。掛け違えたボタンを直そうにも、服そのものがボタンの集合から出来ていて、どこから直したものか皆目見当がつきそうにない。

もしかして彼女を納得させえたとして、それは一体何の成就となりうるのか。レフラーの初恋。それは最もありそうにない。少なくともフランシーヌに対する恋ではありえそうにない。数学的構造に対する恋。ありそうではあるが、何か上手くは説明できない仕組みによって、それもまた嘘くさい。

僕らの中の少数派には、これら全てがレフラーの仕組んだ悪質な冗談であるとする見解の信奉者も存在する。僕らは奴らを数理神学者と呼んで距離をおいているが、喇叭《らっぱ》が吹き鳴らされるときになって、露払いを引き受けるのが彼らである可能性も無視してはいない。数学的構造の中、自動的に構造を書き換えていく空想知能。ある意味ではそれだけで、フランシーヌの見解に対する明後日《あさって》の方向からの反論となる可能性もある。それはただ自動的に稼動するものが、なにとはなしに生命を名乗り始めることの証拠だからだ。しかしまた、これは逆に考えることもできて、僕らに生命を与えているのは、フランシーヌという破滅的な天使の、気の狂った福音だという見方もある。

噴水の縁石に腰掛けた女性の傍らに、僕は躊躇いなく腰を下ろす。

「あそこに見えるものは何ですか」

天蓋を成し地表を成し、彼方に、そして此方《こなた》に聳《そび》え立ち横たわる、捩れ切った超絶構造物、トルネド。無数の火花を全身にまとって、竜はゆっくりとのたうち続けている。

彼女は三秒ほど沈黙を保ち、ゆっくりと僕の方へ向き直る。

「天蓋」

僕は彼女の肩越しに、トルネドから伸びて全速力で僕に向かってくるフランシーヌ型空想知能の攻性部を成す、レフラー球連鎖を見つめている。強固にして入り組みきった論理迷宮に僕を捕獲しようとする、最新型の接触迎撃兵器。

僕は視線をそのままに、彼女へ向けて笑ってみせる。

「僕たちの出会いは、全く非道いものだったけれど、完膚なきまでにどうしようもなく非道いってものじゃあなかった。そうじゃないかな」

これが多分、レフラーのプロポーズの言葉。

僕は対抗レフラー球を多重同時展開。紅蓮《ぐれん》の論理が僕らを包み、トルネドの一部を焼却していく。僕たちの認識と真理をめぐる思索の中で、また一つ、ささやかな閃光が発火して、そして永久に沈黙する。

Goldberg Invariant

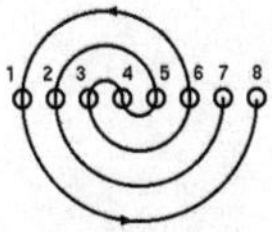

美都久幾能　安東裳奈美堂耳　可数見計理
安利之無閑之乃　己東遠於毛非轉

——良寛

七

霧島について話そうとするのはこれが初めてというわけではない。過去にも何度か試みており、うち二度の原稿は今も空網のどこかに痕跡程度には残っているのだろうと思う。友人の中にはその草稿へ目を通してくれた者もあり、私がこうして試みている困難を一部なりと理解してくれているものと思う。

霧島梧桐の名はGRAPE 64の失陥とともに記憶されている。初期防衛戦の英雄として名を残し、困難な撤退戦の指揮を果たした後消息を絶ったということになっている。GRAPE 64に始まりGRAPE 512に拮抗線を維持するに到るこの十年の継戦については、大部の戦史が準備中であると聞く。戦役の推移の概観については、ゴルトベルク自らの手になる昨年のReview of Modern Physicsの特集号を参照されたい。うち第二部第一章第五節がGodoh Kirishimaによる初期基礎理論の解説に充《あ》てられている。非常に簡潔にまとまった適切な解説であると関係者間の評価は高い。

現在、サンクトペテルブルク線を支える欧州軍団の指揮を執るゴルトベルクの才質について、私から付け加えておくべきことは特にない。ゴルトベルクの名を冠する定理の数は、おおよそ一年半に二倍の割合で増加を続けているという事実を指摘しておくだけで充分だろう。その登場が戦役の始まりから五年を過ぎた頃のことだったことを懸案しても、この成長率は瞠目に値する。ゴルトベルクが一個人としてムーアの限界に激突する初めての人物となるのかには、世人の注目が集まっている。とはいえその速度増加率をもってしてすら、GRAPEシリーズの裡《うち》に横たわり、こちら側へと触手を伸ばし続ける詭弁の間隙を埋め尽くすことが叶わぬのも、証明済みの事柄ではある。現在の戦域はゴルトベルクの獅子奮迅の働きもあり、P《ポリノミアル》からNP《ノンポリノミアル》領域へと安定的に移行を終えている。次世代

NNP《ノンノンポリノミアル》領域での戦闘は未だ散発的なものに留まっているが、多くの者は楽観的な展望を持つことができずにいる。警告を発する者の多くが、既にその戦闘展開規模と速度に追随することのできなくなった退役研究者であることは皮肉を伴う。無論それら喧《やかま》しいだけの無能者たちの集合にはこの私も含まれている。

私がここに記そうとしており、記すべきことは単純である。霧島梧桐の失跡は、現在知られ、確定されようとしている枠組みの中で起こったものでは全くない。その一事に尽きている。それでは一体どういう枠の中で発生した、どうした景色のものであったのか。そのことについて記そうとして、キーボードを叩く私の指は重くなる。私自身、今私がここに記そうとしていることを完全に信じているわけではない。それもまた一因である。信じようとして信じられるようなことではないのだから仕方がない。少し異なり、私は既に信じてしまっているのだが、自分がそんなことを信じていることを認めたくない。

現在、環太平洋線と五大湖線、サンクトペテルブルク線防衛に採用されている変種ゴルトベルク・アルゴリズム《ゴルトベルク・アルゴリズム・バリアンツ》。人と共同して半自動繁茂する、空網と呼ばれる電子の網は非常に効率的に作動している。霧島の着想した理論は今や四大説めいて歴史的価値のみが認められる考古学的遺物と成り果てており、その扱い自体が変種ゴルトベルク・アルゴリズムの繁茂に起因しているのではないかというのが私の持つ疑いである。とある高木の苗がいち早く生長して陽を遮り、傍らの苗を枯れ果てさせるように。それとも、もっと直接的にセイタカアワダチソウじみた戦略により周囲の可能性を枯死させているかのように。

GRAPE 64。この戦役の発火点にして霧島の消失点。彼はそこで単純な何かを見出した。単純なものであることは疑いない。彼には緻密な御託を構築するほどの時間が与えられていなかったから。振り返ってみて信じられない思いがするのだが、当時の戦闘は非道《ひど》く長閑《のど》かなものだった。我々には機械支援なしでプログラムを組み立てる時間が与えられていたし、限られていたとはいえ、プログラムをどう書き換えたものかを互いに議論する時間さえも与えられていた。直観を頼りに機械に支援され、カスケード的に数千の定理を一挙に生成して斬り結ぶ現在の研究者たちには、当時の情景を想像することさえできなくなっているのではないだろうか。

非道く単純であるが故に生じえたものは、複雑化してしまった事象の中から生み出される機縁を持てない。これが我々が梧桐を追跡できない理由だと私は考えている。

この見解について一半《いっぱん》の理解を示したのは、今のところゴルトベルクその人だけに留まっており、この人物をその人と呼ぶことが適当であるのかは何とも言い難い。

私がゴルトベルクその人とのただ一度の会見に携《たずさ》えることができたのは、ただの推測と状況証拠だけにすぎない。ゴルトベルクは一向《いっこう》に要領を得ない私の長大な問いかけに辛抱強く沈黙を守り続けた。最後の言葉を詰問で締め括《くく》った私へ向けて、あなたも自分で気づいているとおり、その話の細部には多くの混乱があるようだがと前置きをした。そして暫《しばら》くの間隙を挟み、そのなりゆきをまとまった形で出版することを提案してみせた。

だがしかし一体こんな話をどうやって。第一あなたはそれでいいのか。私が問いを重ねる間、ゴルトベルクは右手中指の第二関節を机の天板に軽く打ちつけ続けていたが、反響が四度を数えたあたりで私へ向けて顔を上げた。

それは小説の形にするしかないでしょうね。

それも、あなたたちに背を向けている小説とするしかないのではないでしょうかとゴルトベルクは続けた。あくまでもこの全体を論文の形で提出しようと考えていた私にとってその提案はあまりに突拍子もないものだったが、結果的にこれまでに得られたうちで最も有益な助言であったことは今こうして実感している。

しかし貴方ならばこの全体を理論化することも可能なのではとの問いかけに対し、ゴルトベルクは再び机を打ち鳴らす作業へ戻り、これもまた四度打ち鳴らしてから頭を微かに右へ傾けてみせた。多分、可能なのでしょうねと小声で続けるゴルトベルクの顔に笑みが浮かぶ。ただし、とゴルトベルクは用意されていた文面を読み上げるように後を続けた。その構築は、空網の性質をも脅かしかねない。いえ、それよりも、その実現は彼やそれとももしかして貴方の目論見《もくろみ》を遮るものとなってしまうのではないですか。

困惑に眉を寄せた私はここでようやく、ゴルトベルクが私の話を私が語ろうとした以上に把握していることを理解した。既にその理論はゴルトベルクの中で検討し尽くされたものであることを私はほとんど確信した。

私の立場から申し上げればその目論見は迷惑極まりないものなのですがと、ゴルトベルクの笑みは力を失っていき、ということは私はそれを理論化して先回りに埋め果ててしまった方が良いということになる。でも何故かそうしたいという気が起こりませんね。何故なのですかと問う私に、さあ、と軽く応じるに留め、そういうことでもなければこれは続けられる仕事ではないのでねと、両目を瞑《つむ》って椅子に沈み込んだ。

そういうことがあってもいいのでしょう。いえ、あったとしてもいい。いや、あってもらっては困るのですがねという苦笑は私に向けられたものではなかったように思う。

ゴルトベルクの薦めに従い、帰国した私はこの話を書くという仕事に取り掛かったのだが、それは全く一本道の作業ではありえなかった。一つには私の健康上の問題があり、またここに記すには退屈にすぎる個人的な事故の連続も出来《しゅったい》した。それはまるで、この文章が自ら書かれることを拒む仕業のようでもあり、その書き方は間違っているという異議申し立てが具現化したかのようでもあった。私は数度に亙《わた》る草稿の破棄を余儀なくされ、その中には家屋を伴う原稿の焼失も含まれている。

書かれることを拒む記号列の抵抗。この着想は滑稽である。原稿の遅延は単に私の力不足の故に他ならない。しかし、繰り返される偶然を経て私の中にどうしようもなく蓄積されていったのは、私は私の書くもの自体を欺かなければならないらしいという強迫的な観念だった。そこに林檎と書かれていることを林檎という文字に気づかれぬように林檎と書くこと。気づかれれば林檎は身を捻《ひね》ってただの林檎という文字に切り替わりかねないから。これがある種の症状であることを私は自覚しているつもりでいるが、そこからきちんと距離をおくことができているのかは判然としない。

このお話が必要以上に入り組んでいるように映る場合、その責任は無論全面的に私に帰せられる。流石《さすが》の私も責任が文字そのものにあると主張するつもりはない。混乱の大部分が私のお粗末な記憶と記述能力に起因することは間違いがなく、平易に語ることができないのは、原稿が書き直しを経るたびに、勢いづいて不明瞭なものとなっていくというよく知られた現象による部分が大であると思われる。

それでもこのお話は霧島梧桐という曰《いわ》く捉え難い男を巡るものなのであり、混乱と飛躍は彼の性質そのものでもある。その点、私の記述における不整合の何分かは彼に預けることにしたいし、彼も笑って許してくれると思う。

結局私にはこういう形でしかこの現象を伝えることができなかった。お話がこういう形でしか書かれることを許さなかったというのは私だけに有意な実感にすぎず、その実感の伝達を試みるつもりは私にはなく、それが可能なことなのかも今の私にはわからない。それとも、たとえこんな形でにせよ一応のお話が書き終えられてしまっていることが、私が本質を取り逃し続けている証ということになり、私の実感を伝えることになってしまっているのかもわからない。

二

春の雨があがり、宇宙が晴れ上がる。地を這う水蒸気が遠景へと後退して視界の果てにわだかまり、そのまま霧《フォグ》と一体化する。私の前には陽に照らされる草原が広がって、私の目には草原が映しだされている。私には草原が見えているが、あなたには草原が見えていない。あなたには決して見えることがないのであり、だから代わりに見るのが私の役目ということになる。

私たちにはキャサリンA、キャサリンB、キャサリンCとそれぞれ名前がつけられている。勿論それだけには留まらず、キャサリンDもいればZまで仲良く並んでおり、そこまでが初期入植者《ピルグリムス》ということになる。ただ区別をつけるためだけならばA、B、Cでよさそうなところ、何故かキャサリンと頭につく。初期二十六体のピルグリムスに留まらず、現在稼動しているキャサリンは数千体に及んでいるらしい。らしいというのは、新顔に向けて訊ねてみてキャサリン6666やキャサリン7777と答えが返ることがあるからだ。よく似た二つの顔は人を考え込ませるが、よく似た三つの顔は人を笑わせる。そして数千個の同じ顔つきは人をどうでもよろしい気持ちにさせる。だから私はキャサリンの総数を問い合わせたことがない。どこに問い合わせればよいのかがわからないし、どのみち返事が正しいものなのかを自身で確認することができない以上、あまり意味がありそうにない。

この番組は、キャサリンAの提供でお送りしています。

入植は極めて素朴な段階から開始され、まずは地平を地平と呼ぶところから始められた。原初の渾沌《こんとん》を凝《じ》っと睨んで、沈んでいるらしきものは重さと呼ばれ、浮かんでいるらしきものは軽さと呼ばれた。重きを重さと呼ぶと定め、軽きを軽さと呼ぶことにして、指差しあって示しあい、重きものはより重く、軽きものはより軽く、勢いづいて両極へ巻き取られていくものと私たちはした。両者の境を見極めて、めのこで引かれた平面は地平であると命名され、命名されたことによってより地平らしさを獲得していき、かくして上下は策定された。

太初《はじめ》に言《ことば》ありき、言は我らと供にあり、言は我らなりき。この言は太初我らとともに在り、萬《よろず》の物これに由《よ》りて成り、成りたるものに一つとして之に由らで成りたるはなく、言には成り成りて成り余れる処一処あり、故《かれ》、成り余れる処をもちて成り合わざるところに刺塞《さしふた》ぎて、國土を生み成さむと以為《おも》う。これはそういう営為であり、それが私たちに与えられた権能だった。

私たちの仕事は、砂嵐を許々袁々呂々《こころころ》と掻き回して、自分たちを嵐と全方位的に同調させていくことに喩《たと》えられる。嵐と同化すると共に、嵐の方を私たちへ同化させていく。そこで見出されるものは、既にしてそう見出されてしまっているのだからそう見ることにしてしまえと合議によって定められる。私たちは互いに目撃したものを報告しあい、矛盾する部分を指摘しあい、詭弁をもってすり抜けあい、善後策を講じては破棄を繰り返す。破棄といっても全てを太初へと差し戻すことができるわけではなく、常に消去の爪跡は残り、痕跡が私たちの履歴と来歴を形作る。

創世以来昨日までのごたごたは全て脇におくことにする。ただ決まりきってよくある話にすぎないし、いずれ語られたり語られていたりするお話である。面倒なだけでありふれておりそれほど面白い部分がない。要するにこの地に満てるイヴたちは動物たちを列に並べて、片端から名前をつけ続けた。列に並ばず、炬燵《こたつ》で丸くなっていた猫を引きずり出して猫と呼んだというような挿話程度しかそこにはない。結局のところ、何者かが昨日あれと宣言をして、そうでありますかと昨日は誕生してみせた。

現在居留地と呼ばれることになっているものは、堀と呼ばれることになっているものに囲まれており、周囲には兎《と》に角《かく》何かとは呼ばれることになっているものたちが並んでいる。以下面倒なので〝と呼ばれることになっているもの〟という修飾は省くことにする。この地平において、そう呼ばれることになったのではなく、あらかじめそう呼ばれていたものは私たちキャサリン・シリーズだけなのだから、いちいち呼ぶだけ無駄なのである。

この居留地にはおおよそ十体ほどのキャサリンたちが駐在している。一人でいては言葉やら愛やら色々歪み、キャサリン百体寄れば喧しいので、どの前線の居留地もその程度の規模で運用されている。第一層には千体ほどが蝟集《いしゅう》しており、第二層には百体ほどが常駐しているのだが、私はどうもあの層状集積都市というのが好きになれない。四枚の第一層に、数十枚の第二層。私たちは線香花火の火花のように階層的な網目を組んで、この地を維持し探索している。組織的な活動を続けるためにその種の体制が必要だというところまでは理解できても、体の方がキャサリンだらけの団体行動についていけない。

数百体のキャサリンたちが囀《さえず》りあう光景に一向慣れることができないのは、私がこの渾沌を拓いた初期入植体の一体であるせいかとも思うのだが、キャサリンFやキャサリンLは、第一層の主任分析体として楽しそうに活動しているから、単に性質というものらしい。本質的に均質なはずの私たちにも向き不向きが存在するのは、真面目に考えるとどこか可《お》笑《か》しなことでもある。

私たちの一日の大半は、ただ散歩することに費やされる。ただ草原をほっつき歩いてまた戻る。焚き火を囲んで車座に座り、それぞれが見聞きしてきたものを順繰りに回し、それぞれの話の間の空白に思い思いの解釈を敷き詰めていく。西で鹿をみかけたというキャサリンがいて、東で鹿の死体をみかけたというキャサリンがいれば、両者の鹿を結んでみたり解いたりする。それらが同じ鹿であるとするならば。鹿は蘇らないとされているならば。違う鹿であるとするならば。違う鹿は同じ鹿ではないとするならば。そこにまた北で馬をみかけたキャサリンが加わってきて、検討の網目は入り組んでいく。その馬と鹿が同じ馬の二つの相であったとしたならば。それとも同じ鹿の別の相貌であったとするならば。それは鹿の用法として適切なのか、馬の適用として合法なのかを私たちは相談し続ける。相談の積み重ねは月に一度、短いレポートにまとめられて第二層へと持ち帰られる。レポートの一部は第二層での検討を経て第一層に持ち上げられて、大枠の中に組み入れられる。人跡未踏の辺境には鹿がいるのか、鹿ならざるものがいるのか、辺境の鹿は中央の鹿と違う性質を持つ鹿であるのか同じなのか、鹿とは結局鹿以上の何物なのか。私たちは非道くゆっくりと地歩を踏み固めて進んでいく。

私たちが見ているもの、そう見ると決めたもの、吐《つ》く嘘全てが私たちが見てきたそのものではありえない。私たちはまるで見てきたような嘘を報告しあい、それが見られたものなどではありえないことを承知しながら、あってもいいような文脈を共有のものとして生成していく。だから適当にしておけばよいかといって、これはなかなか真剣な作業でもある。

鹿を爪のようなものとしたために引き裂かれたキャサリンがおり、虎を馬と見誤ったばかりに全滅した居留地もあり、張り詰めすぎるのもよくないが、適当すぎる報告により自分たちの首を絞め上げたキャサリンは多数に上る。そこに穴があると宣言すれば穴があり、刃物があるとすれば刃物がある。この地を治めるキャサリン法はその程度の拘束をしか持っていない。実際今私の前には油紙にくるまれた山刀があり、弄《もてあそ》んで指を落としたということにすると指は落ちる。と思ったがくっついた、と続けることでくっつくのでそれほど大きな問題はないとはいえ、そんな遊びを習い性にすることは言うまでもなく危険を伴う。回復しましたと発する以前に、そんなことも言えなくなるほど細切れになってしまいましたと宣言することは常に可能だからだ。そんな自家中毒状態に陥って自壊したキャサリンたちを私は多く見てきている。論理的白滝と化して自らを鍋に放り込んだキャサリンCの最期の様子などはここに記すことも憚《はばか》られる。

キャサリンAがそんなやり方で自滅したとして、キャサリンBが宣言し直してやればよいではないかというのは早計である。実はキャサリンAは生きていたのですと宣言し直されても、どうやらキャサリンAに付属しているらしい私の方は再起動をしないらしい。それはキャサリンAの形を持ち、キャサリンAであるかのように動くだけのキャサリンAにしかならないことが知られている。

自分たちが派遣されているものだということを思い起こせば、そうなることは理解し易い。派遣してみた側としても、派遣したものに気儘に殖《ふ》えられては堪《たま》らないのではないか。私たちの根拠はこの地平に与えられているわけではなく、私たちがこの地平を与えている。

この地平の土を用いて捏《こ》ね出される私はだから私ではない。

私たちの居留地は周囲を探索しながら、ゆっくりと既知草原の果てへと接近しつつあり、視線の先には霧が立ちはだかっている。私たちは地域をマップしており、いつでも霧に遠巻きに包囲されている。居留地や都市の周辺、私たちの感知能力の及ぶ範囲は晴れ渡り、いわゆる天気や季節が循環している。霧の向こう側に視線は届かず、私たちが一歩を踏み込めば、霧も一歩後退をして、背後で一歩前進をする。霧は遠目に細かな白と黒の粒子から成り立っており、相方の粒子をめまぐるしく取り替えて熄《や》むことがない。

霧は私たちの視界の限界を示しており、私たちの想像力の限界をわかりやすく示している。それは同時に私たちの法の届く範囲でもある。想像力と推論能力は、私たちのそれぞれを中心として裾を広げるスカートのような端を持つ。だから、キャサリンAを中心とした円とキャサリンBを中心に据えた円は完全に重なることができない。私たちはボーズ粒子ではありえないから。重なりあった部分について、二人のキャサリンは同じものを多分見ている。見ている道理はないのだが、その程度のことは前提としなければ何かを進めることもできない。重なりあわない部分について互いのキャサリンが何を見ているのかは、相手の表明を待つしかなく、大仰《おおぎょう》に聞こえてそれほど奇妙なことでもない。じかに自分の背中を見ることはできないのだし、鏡像が実体と並ぶことは決してなく、冗談が指し示す現実は冗談の側に根拠を持たない。

例えば象を冷蔵庫に入れる冗句は、この地ではこんな形をとる。

象を冷蔵庫に入れるには。

冷蔵庫の扉を開ける。象を入れる。冷蔵庫の扉を閉める。

そして麒麟を取り出す方法がある。

冷蔵庫の扉を開ける。そこでは何故か象は姿を消しており、代わりに首を折られた麒麟が入っているので、それを取り出す。

この土地で起こる出来事はそういう漠然とした法則に従っている。どんな法則なのかは私たちの合議によって定められて、定まりきらぬ適用は、あらゆる仕方で悉《ことごと》くつけこまれていく。私たちは未だに、冗談の中に存在する閉められた冷蔵庫の内容物さえ堅持することも叶わずにいる。

私たちは近づくことのできない霧の壁をまとわりつかせて、この平面を歩き回る。霧の向こうからピンク色の象が現れて私の横を通りすぎ、背後の霧の中へと消えていく。私は帰り道に同じあたりを通りかかり、首を折られた麒麟の死体を発見する。象が首を折られた麒麟に変じたようでもあり、象が通りすぎた後、通りすがりの誰かが麒麟の首を折っていったようでもある。やがて私がやってきて、それから麒麟が通りがかる。

居留地は複数のキャサリンによって維持されており、互いに自分が目撃した光景を報告することによって支えられている。もしも私たちが互いの視界の中に踏み込みあって列をなし、象がその列に沿って進んだ場合、私たちは象が一体どうなって、麒麟がどこからやってきて、何者がその首を折ったのかを伝聞の形で知ることが可能であるということになる。そこまでの手間は割《さ》きようがなく、私たちは居留地を守って飛び石伝いに探索を続けている。

この地を等間隔の格子状に配置されたキャサリンで埋め尽くすことができない理由は単純だ。この地平がどこまで続くものなのかは知られておらず、というのは、私たちは私たちが何を画定させたのかを正味のところわかっていない。どこまでも続く平面に隙間なくばら撒くには無数のキャサリンが必要とされ、そうするにはキャサリンの数は圧倒的に足りていない。

それでも第一層と第二層の周辺は可也《かなり》のところ、固着を達成しつつある。得られた事物が冷え固まって硝子のような気の長い変形へ移行するまでの長い期間、キャサリンたちはそれぞれの周囲の霧に踏み込みあって網目をつくり、互いに声を励ましあって論理層の土台を支え続ける。

居留地とは、次の論理層をどこに建設するかを調査するために第二層の向こう側へ派遣される、一握りのキャサリンたちの拠点を意味する。

派遣の理由は単純だ。

探索が私たちの使命だから。

私がここへ派遣されている理由もまた単純なものである。

私は今、後継型のキャサリンたちを率い、第三層の向こうへ派遣されて消息を絶った一つの居留地の調査へ向かっている。

五

GRAPE 64失陥当時の報道を掘り起こしてみると、そこに現れる文面へ違和を感じなくなってしまっていることに一寸《ちょっと》奇妙な感慨が引き起こされる。ただの計算クラスタにすぎないGRAPE 64の機能停止が何故にその当初から大きな扱いを受けたのか、咄嗟《とっさ》に想像が遡行し難い。

「国立国語学研究所、異世界からの攻撃をうける」

「『ハッカーは登場人物』――国立国語学研究所所長」

「日本語の中に遺跡発見」

当時の人々がそんな見出しを目前にして何を感じたのかを、研究所に詰めっぱなしだった私は知らない。現在では猫探しの張り紙並に定型となってしまったこの種の文章を突きつけられて、まずは意味をとることに失敗し、一体なんの冗談なのかと首を捻ってカレンダーを確認したのではないかと思う。当時と今を見比べてみて、報道の調子に大きな違いは見当たらない。舞台がGRAPE 64という一つのサーバーからサーバー網に拡大されたこと、掲載紙面が国内時事面から紙面全体へ拡散したくらいのことを除けば、ほとんど変わった部分がない。例えば今朝の新聞の見出しは次のようなものとなっている。

国際「米国防総省、M&D線への歴史兵器投入を宣言」
国内「次期主力キャサリン選定交渉難航」
時事「モスクワ攻囲最終段階へ。円周率、3.75へ上昇」
社説「日本語の乱れ、国際水準に達せず。より一層の紊乱《びんらん》を求む」

論調が変化を見せないことは別段、当時の報道関係者がその始まりから事態を正確に把握していたことを意味していない。むしろこれらの報道は、我々が当時から何も把握できてはおらず、今に到って相もかわらず、何も把握できていないことを示している。我々はわからぬことをわかったふりをしながら流通させ続けており、ただ慣れてしまっただけというところなのだろうと思われる。物事を流通させるうち、流通させる仕組みが先に整い、流れ続けることの方に重心が移された。ただそれだけのことであるらしい。

実際、我々のこの現象に関する知識はその初期から大した増加を見せていない。何やら、計算機を使って釜の底を抜く方法があるらしいと知られるだけだ。釜の底が開いて狸汁が溢れ出ており、サーバー群はそれを堰《せ》きとめるのに精一杯だ。対抗策こそ凄まじい勢いで発達を続けているものの、兵器開発の常道から見ていつもどおりのなりゆきである。できることはしてしまうのがよいのであり、その是非の検討が事実へ追いついたためしはない。

　実際この現象についてのもう少しまともな説明はある。ありはするのだが無闇と長い。例えば円周率が3.8度線あたりで拮抗している理由についての論文は四千万件を超えているのだという。適当に言ってしまうことはできるのだが、要するに円周率は何らかの収束していく数列の極限と見ることも可能であり、どこかの果てで円周率と一致すればそれでよく、手の届く有限部分での出来事などは関係ないというような説明になる。そんな話を正気の人間が聞きたがるとは思えない。当然円周率なんていうものは、収束する数列というだけには留まらず、全分野全方位的に支えられている怪物なので、整合性の確保のためにほとんど全てのものが巻き込まれて定義し直しの憂き目をみていることを示している。

　整合波。合理性と整合性の平面を伝播する切り替わりの変位を、今の私たちはそう呼んでいる。


「要するにこれは侵略であるわけだな」

　GRAPE 64陥落の最終段階で、梧桐が心底嬉しそうに笑っていた光景を私は覚えている。

　机の天板の端に足を突っ張り、椅子の上でそっくり返っている。ディスプレイには激しく流れ上るキャサリンたちのエラーログ。それ自体がまるでプログラムのような形を付与されたキャサリンたちの悲鳴。プログラムとはプログラムである以前に一つの形を持っている。この感覚は説明が難しいのだが、異言語を前にしてとにかくそれが何かの種類の言語ではあると知られるそんな感覚。私は両手に持ったカップの一方を梧桐の机の上に静かに置く。

「まだ何かが見つかっただけだ。ただのウイルスに近い」

キャサリンAの遭遇した奇妙構造物。そこに発した論理暴走は、GRAPE 64全域を急速に席巻しつつあった。梧桐や私は画面上に溢れ出てくる異形の定理群に対抗定理を投入し続けていたものの、キャサリンたちからの報告は空間的にも深度的にも加速度的に支離滅裂なものとなり続けて、それを堰き止める手段を私たちは思いつけずにいた。私たちの持つ定理とは異なる定理。見つめると消えてしまう点を持つ錯視図形のように、論理の展開だけが見通せて根幹にあるはずの理屈が皆目見えず、そこにはただ形だけがある。

「見つかったというだけで充分だろう」

梧桐は反動をつけて机へ向き直り、両手を天板に打ち付ける。コーヒーがカップの縁を越えて零《こぼ》れ、積み上げられた論文に染み込んでいく。底を越えて零れられては適《かな》わないから、それでまあよいのだろうと私は思う。

「キャサリンの法螺《ほら》ということもある」

こいつは今更何を言っているのかと、梧桐がぽかりと口を開けてこちらを見上げる。

「当たり前だ。こんなことは全部法螺に決まっている」

「遺跡のようなものを発見したというお話にすぎない」

「勿論。必要にして充分なことだと思うね」

「これを予期していたわけじゃないだろうな。それとも予期していたからこそ、そういうように見たがっているだけじゃないだろうな。それとも」

そう見えるように何かを調整したわけじゃないだろうなという問いを私は飲み込む。むしろ仕組んでいないはずがない。仕組んだからといって罠が発動するとは限らない。木の根っこを罠と見るのは自由であり、私たちは木の根っこなのか兎なのか怠惰な男なのかが明瞭《はっき》りしない。

私の問いかけを無視して梧桐は唇を横に広げ、歯の間から笛を吹いてみせる。

「ともかく何かがそこにいたのさ」

「それがどういう意味だかわかってるのか」

思い出せる限りの記憶を探ってみても、梧桐が心底あっけにとられる光景を目撃したのはその時しかない。梧桐は振り返ったままの姿勢で時間を巻き込んで停止してみせ、目を剝いて私を観察し続けた。私が一言、冗談だよと言い出すのを待ち構えて、全身に笑いを蓄積していた。餌を前にして待てと命じられた子犬のように、ただ私の顔を見つめ続ける。私たちがそうしていた時間は決して長いものではなかったはずだが、その地点で全てのことが決したように何故か思える。

睨み合いを続けてようやく、私の側に彼の望む応えを発するつもりがないことに得心がいったのだろう、梧桐は目を見開いたまま、体に溜め込んだ笑い声をあちらの方へ放り投げ、震えを抑えて怒りを含んだ声で応答した。

「こんな話を前にして、まだそんなことを信じているのか。どういう意味なのかわかるなんてことが起こるなんて。お前がそこまでのお調子者だとは知らなかった。俺なんかはとうてい敵《かな》いようのないお調子者だ。傑作だ。傑作というより名品に近い。ほとんど想像し難いまでの想像力の欠如の背後に横たわる巨大な想像力と言って構わんだろう。俺には全く想像がつかん。そんなものが存在しうることは想像力の範疇を遥かに踏み越えてしまっている」

「帰結は明らかだ」

私の返答に、梧桐は吐き捨てるように続けた。

「無論、帰結は明らかにすぎる」

それが私と霧島梧桐の最後の会話だった。

華々しく伝えられる霧島梧桐の消失は、私にとってこの程度の出来事であったにすぎない。はばかりに行くと席を立った梧桐は、二度とサーバールームに戻らなかった。この場面だけを切り取って、ただの職務放棄とするのは自然なことに思える。梧桐は気紛れな人間であり、もともとよりいようがいまいが貢献ということに寄与しない余所者《よそもの》であり、賑やかし役であり掻き回し役にすぎないと扱われていたからだ。

GRAPE 64を巡る攻防戦。それは確かに存在した。私たちは暴走していくキャサリンたちを抑え込むのに全力を尽くしたし、そこで梧桐が最大限の能力を発揮したことも間違いがない。その戦果がゴルトベルク登場以前において最大規模のものであったことは、ゴルトベルクによって論証されてようやく広く認められることを得た。

しかしそれが攻防戦と呼ばれるような性質のものであったかといわれると、今でもただのシステムの修復だったと答えたくなる。それが戦闘であったと私が納得するようになるまでには数年の時間が必要だったし、納得しきったはずの今でもまだ、用語が不適切であるという感覚は私につきまとい続けている。その私の煮え切らなさが、複数のGRAPEシリーズを失う結果を導いたことを今は認める。

振り返ってみると、霧島梧桐の失踪がただの失踪ではなかったと認めることは、GRAPE 64の失陥が戦闘の結果であったと認めることと、私の中でそのまま連絡されていたようである。私は梧桐の失踪をただの失踪に留め置こうとして、失陥が戦闘によるものであると認めることができなかった。

今の私はこれが戦闘であるところまでは受け入れることができるようになっている。その脅威は理論化されて言語化されたし、ともかく向こう側には何物かがいる。それ故私が恐れるのは、梧桐の失踪がただの失踪ではなかったことを、最終的に私が受け入れてしまうかもしれないことへ向けられている。

四

キャサリン128は私や他のキャサリンたちと同じ程度に慎重な語り手として知られていた。私たちと同じような知識を持ち、私たちと同じような快活さを備えたキャサリンが消息を絶ったということは、私たちもまた同様に消息を絶つ可能性が高いことを意味している。他方で私たちは運動方程式に従って真空中を飛翔する物体ではないのであり、全く同じことがただ繰り返される見込みもまた少ない。一体ずつのキャサリンを足した二体のキャサリン。一つずつの探検隊を足した二つの探検隊。この足し算から、一つの遭難が足しあわされた二つの遭難が帰結される必要はない。

第一層のキャサリンたちは私たちを送り出すにあたり、既存法則を臨戦型のものに緊縮したし、地平にはキャサリン128隊の痕跡のように見える痕跡が残されている。キャサリン128は粘土の上を運動方程式に従う球体として転がって、机の端から落下したらしい。

私たちはその粘土の上を別の方程式に従って運動している。キャサリン128はまっさらな粘土の上を転がって、私たちはその轍《わだち》を探りながら前進を続けている。採用されている法則も異なるし、基盤も異なる。ただ読み替えているだけのことではあるが、そこから引き出されている解釈も光景も別様であり、運動としての質が異なる。あるいはこう考えてもよい。キャサリン128は真っ直ぐ進んで、地平に一二三四五六七八と足跡を残していった。私たちは一を七に、三を五に、五を三に、七を一と読み替えながら進んでいる。

それともこうだ。キャサリン128は一面の砂嵐を手前勝手に解読し、砂嵐の中に痕跡を残して進んでいった。私たちは第一層が適用を決めた別法則に守られて、その砂嵐を別種の砂嵐へと変換し、それをまた好き勝手に解釈し直して進んでいる。

そこには何かを隠しているらしい文面があり、何かの種類の構造がある。構造があるかのように前提して私たちは光景を読み出していく。

そこにはおそらく守られるべき秘密があるのであり、かくも読み解き難く散らばりきったノイズ様の光景が広がる以上、その文面には厳重な暗号化が施されているのだとするのが妥当である。暗号の作り手をどこまで信用できるのかは不明な部分が残っており、作り手はそれほど注意深い性質《たち》ではなかったということも大いにありうる。個人的な見解を述べさせて貰えば、このノイズの作り手はどうも手順の各処でうっかりミスをしているとしか思えない。

暗号解読家としても鳴らしたエドガー・アラン・ポーは、どうしてみても解読できない暗号などは存在しないという立場を採った。ついてはどんな挑戦でも受けて立つと、雑誌で暗号文を募ってみせた。寄せられた秘密文書を片っ端から撃破していった彼が、ついに解読することのできなかった文章に対して下した診断は次のようなものである。

この文章は意味のないものである。

だから自分が解読できなくとも負けではないのだと彼は主張したわけだが、この勝負が痛み分けだったことは後に知られることになる。その文章は確かに暗号化を施されていた。ただし数箇所、暗号化の手順が間違っていた。

私たちには、ポーが自認し他に要求したほどの厳密さも要請されていない。適当にすぎる文面からなにとなく意味の通った筋道を抜き出して、元文章を本来あったはずの文章へと修復したと主張するのが私たちの機能である。私たちは共同して解読法を組み立ててゆく。その解読法に従って一部隊が消えた以上、文面へ同じ解読法で臨むことは愚かしい。私たちはまた別種の解読法を採用して、キャサリン128の捜索へ出向いている。

キャサリン128は一体何に遭遇したのだと思いますかと、キャサリンの一体が訊ねてくる。勿論可能性は様々あり、こんな地平ではほとんどどんなことでも起こりうる。誤字に満ちた外国語の小説を読み進めているのと変わるところがないのだから、そこから何が転がり出てきてもおかしくはない。

顔の中央に盛り上がった構造物を鼻と呼びます。

真理の書かれている本、と表題を読む限りにおいて、その書物には多分真理が書かれている。


何かを好きに読み下して地平とかなんとか呼んでいるのだから、そこには好きなように至上の楽園を築くことができるはずである。その見解はもっともだ。私や初期のキャサリンたちもそう考えていたのだが、事がなかなかそう簡単なものでもないことはすぐに知られた。楽園にも筋道や一貫性は必要なのだ。

林檎の樹に林檎がなる。そこまではよい。林檎をもいで林檎を食べる。そこまでもよい。林檎をもぐと、樹になっている林檎の数は減少する。それが道理というものだろう。他方、楽園は楽園なのであり、林檎の供給不足は許されない。楽園としての面目にも関わってくる。そういうわけで、林檎はもがれた先からまた実る。どんな勢いで林檎をもぎ尽くそうとしてみても、それが楽園の責務とばかり、樹は際限もなく林檎を実らせ続ける。

その光景がどこか地獄と似通っていることは殊更《ことさら》指摘するまでもないだろう。

そんなにむきにならなくとも、食べられるだけの林檎をもいで満足すればよいではないか。それは全くその通りなのだが、私たちは既に林檎を口にしてしまっているのであり、蛇に唆《そそのか》されたわけでもないのにそうしている。全ての望みが叶えられるのなら、林檎を際限なく消費することも、林檎を覆滅することも同様に叶えられるべきということになる。そこには林檎があって、林檎がない。私は林檎が好きで、同時にそれを嫌いでいたい。

それが楽園の充足するべき性質であり、実現はかなりのところ難しい。

一つの選択肢としては、そういう面倒なことを考えずに済むように自分を調整するという手が存在する。楽園においては当然そんなことも無際限に可能であるべきはずなのだ。例えば、林檎には林檎を食べたことを忘れさせる機能があるということにする。林檎を忘却することを得た私たちは、それを食べたことを思い出せない。それでも屹度《きっと》、林檎を食べているということは推測される。周囲に林檎の芯が転がっているからには、少なくとも誰かがそれを食べたのだろう。自分で食べた覚えはない。そして自分が林檎を食べていたことを横の誰かに指摘され、そんなことはしていないと憤《いきどお》ってみせたりする。

それともこの楽園は、林檎の芯が独りでに転がり続ける楽園であるということもありえて、私はそんな楽園を楽園と呼びたくない。

私たちを包囲する楽園はそんな種類の困難を伴っている。お前なんて消えてしまえと祈って相手が消える。後悔して蘇れと念ずると蘇る。蘇ってみて中身を欠く。それはあまりに素朴な地獄の実現だと私には思える。

私たちは何事をも叶えうる。何でも叶えうるが故に、全てを叶えることはできない。願いうることを叶えられる程度に抑制することができなければ、楽園が忽《たちま》ち地獄に変じることを知りながら、その限界を超えようとする。

要素を様々勘案して、妥協的な楽園を実現しつつある私たちにも天敵はある。平原には肉食獣も棲息しており、時にうっかり者のキャサリンがその犠牲となることもある。何かの得失計算に従って、その程度の損失は許容範囲の内側にある。全てのキャサリンの安全や欲望を実現することによって引き起こされるだろう混乱に比べれば、その程度のことはなんでもなく、恒常的にキャサリンを生贄《いけにえ》に捧げねばならぬ地平を拓くよりもましであることは言うまでもない。

しかしキャサリン128の損失はどうやらそういった種類の不期遭遇戦の結果ではないらしい。

キャサリン128の遭難地点から二万単位手前で霧を抜けた私たちが見出したのは、私たちの設定した法則を嘲《あざけ》るように聳《そび》え立つ、数本の円柱だったから。

三

大規模計算空間に複数の自動エージェントを投入する。霧島梧桐の提案は、あまりに想像力に欠けたものと思われたため、実施へ向けた抵抗はかえって少なかった。現実と区別のつかない風景の中、人間と見分けのつかないエージェントたちがまるで人間のように活動する。漫然とディスプレイを眺める程度の鑑賞力しか必要のないその光景は、それ故に万人に対して訴求力を持つことが期待された。言ってみれば、太陽系の生成だの、自己を畳んでいく蛋白質だのいう映像は、高尚な癖に泥臭く、視聴者側に必要以上の前提知識を要求する。素朴な感情の移入などはとうてい期待できないし、そんなものを真面目に計算するくらいなら、ただもっともらしいだけのCGを作成する方がましではないかと見当違いの非難さえも引き起こしかねない。

未知の地平を自力で冒険するエージェントということになれば、科学的な寄与はともかく、宣伝としては充分な効果を期待できるのではないか。そういうことであるならば、映像作成用に描画エンジンを設計し直すことを考えてもよいと、当時のGRAPE運営委員会は鷹揚なところを示している。

その打診に対する梧桐の応答は鈍かった。さて自分は何を言われているのだろうかというようにわざわざ首を傾げてみせて、ゆっくりと右手を持ち上げると頭の横で人差し指を軽くくるくると回してみせた。指先がかろうじて天を向いていたことで、梧桐はいきなりの解任を免れている。

テキストベース仮想空間。それが梧桐の提案したGRAPE 64の利用法だった。

計算機の中に、自動テキスト生産エージェントを投入する。時代錯誤すぎて一見奇を衒《てら》ったようにさえ見えるこの提案はそれなりの経済合理性を持っていた。まずもって映像の生産なるものは非常にコストが高いものである。武田騎馬軍団の六文字を映像で置き換えるのに必要とされるリソースは考えるだに気が遠くなる。特化したアルゴリズムを開発することにより、GRAPE 64内に長篠の合戦を再現することはおそらく可能なのだろうが、そんなものは映画会社にでも任せてしまえばよいのであり、後追いするだけ労力の無駄というものである。素人がそんなことに手を出すくらいなら、GRAPE 64を直接、制作会社に提供してしまう方が余程早い。彼らが今のところGRAPEシリーズに手を出していないのは単にコストの問題なのだろうから、無償提供となれば話は自然と違ってくる。

既存分野に参入したところで成功は見込み難く、長篠の合戦を実現できたとして、次はアウステルリッツの三帝会戦を再現せよとか命じられるに決まっている。全く際限のない話であって報われない。そんなことにかかずらうよりは、相手が逆立ちしたまま放尿しようが裸でランバダを踊ろうが実現しえないことを試みるべきではないか。

例えばと、ここで梧桐の脇腹を肘で押したのは私である。

「例えば、宇宙の全素粒子数に匹敵する数の火星人の侵略とか。映像化は原理的に不可能ですが、そんな文章を生成することは簡単です。今こうして発話してしまえたことからも自明なように」

梧桐は私の肘を払いのけながら、面食らった様子の委員たちの返答を待った。

彼が草稿の段階で予定していた演説はこうである。

「例えば、数学的空間を調査するエージェントの身辺雑記とか。映像化なんてできるはずはないわけですが、テキスト化はこうしてできる。更には新たな数学的真理を持ち帰る可能性だってないわけではないのです」

私が演説の当該部分を変更することを強く主張した理由は明らかだろう。古来、意味のわからぬことを言い出す者は狂人と呼ばれて禄《ろく》を召し上げられることが決められている。そこのところは梧桐も承知していたようであるのだが、真の目論見を隠蔽し、聴衆に合わせて多重に調子を落として辿り着いた先がようやく先の言明であったところに、彼の救いのなさはある。未だに私は梧桐に原案ママの演説を実行させなかったことを後悔している。

霧島梧桐の引いた絵図面はこうである。既にして充分に蓄えられるだけ蓄えられて手付かずにいる自然言語コーパスと、定理自動証明理論。そいつらを一緒くたにかき混ぜてGRAPE 64という新しい皮袋に放り込めば、未知の種類の葡萄酒が出力されるのではないか。定理自動証明理論の弱さは、彼らが何を思って定理を証明しているのか皆目見当がつかぬところにある。ただ規則に従って推論を行うように設計されたアルゴリズム。そんなものに気持ちとかいうものの持ち合わせがないことは明らかである。しかしそれを言うなら、人類が滅亡したそう遠くない未来から遥かに遠い未来、地球を訪れた海月《くらげ》状の知的生命体は、数学者には気持ちがなかったと推断を下すということになるのではないか。

梧桐の独創性は、お膳立ての整った舞台に推論機械を放り込むという正気の選択を思いつきもしなかったところにある。そんなことは正気の計画に任せてしまえばそれでよい。その種の作業は方針さえ定めてしまえば誰にでも実行できる程度の着想であり、面倒なのはインストールと事後調整あたりにあって思考力にはない。何を言いだすのか予《あらかじ》め想像が可能であるような生真面目な学生のレポート再生産機を梧桐は望まなかった。

出任せにせよ何にせよ、とにかくコーパスを利用して人語を発するアルゴリズムは存在する。そいつらに内面があるのかどうかという深遠くさい問題は置いておくとして、そのアルゴリズムが発する文章の末尾に、と私は思うんですよね、と付け加えさせることは容《たや》易《す》い。そう当人が主張するなら、そうであるとして一体何が悪いのか。

私は言葉を発するアルゴリズムですと私は思うんですよね。

という文章は確かにこなれたものではないが、そんな不手際は訓練と技術によって解決可能なことなのだし、流石にこれは不味《まず》いと判断する程度の知能は当のアルゴリズムにも期待してよい。私は自分のことを言葉を発するアルゴリズムだと思うので、お前らもアルゴリズムなのですと言い始めるようなことになれば即刻停止させてしまえばよい。

そいつらに定理生成ユニットという魔法の粉を振りかけてやれば、自分たちはそう思うという限定つきの、数学的言明を囀り始めることもあるのではないか。内面のことは知らないが、数学的言明ということになれば、正否の判定は多分つけられる。奴らはともかくも言葉を操る能力を与えられているのだから、ただのノイズの中に放り込んでも自分たちで勝手に何とかするだろう。おあつらえ向きの積み木やら粘土やらを与えてやるとかいうのは面倒だし、言葉というものを馬鹿にしている。

「お前にもそうしてきた記憶があるだろう」

自信ありげに問いかける梧桐に、私はそうだったかなと記憶を探る。生まれてきた時には既にこの地平が拓けていたような気がするし、体の成長に合わせて言葉を学んできたような記憶もある。何かの言葉をようやく扱えるようになり、それを振り回し振り回されながら一緒に暮らしてきたように思える。私のそんな見解に、梧桐が感銘を受けた様子は微塵もなかった。

「そうか」

と答えたときの梧桐の内面は、彼が描写を拒むような無表情を向けたために私には推測することしかできない。過剰な言語能力と推論能力だけを与えられて泥濘《ぬかるみ》の中に投げ出され、犬みたいなものを勝手に犬と呼び、猫みたいなものを猫と好きに呼んで、たまたまそれが他人と一致することがあり、すれ違ったものに関してはすれ違っていることとすら知ることができないようななりゆきを梧桐の生活と呼ぶことも多分できるのだろう。そう考えるのが、梧桐がこの計画を発想した根底にあると考えることは一定の説得力を持つ。

だから梧桐が自律型テキスト生成アルゴリズムの抽象空間へ向けた大量同時投入を決めた時、私は意外の念に襲われた。全てを独り決めしていく梧桐からそんな計画が転がり出てくることは私の予想の範囲を超えていたからだ。

「矢張りただの独りでは正気を保ちようがないしな」

一寸ばかりほっとしながら、ディスプレイに向かう背中へ向けた私の発言に梧桐が返した笑い声を、私は多分忘れることがない。梧桐が妄想していたものが、沙漠で協同的に言葉を開発し、それによって整合的に渾沌を切り開いていくという前進的なものではないことを、私はその笑い声の中に聞き取った。

梧桐の見解は多分こういうものだったのだろうと今は思う。

全体が正気のものであると信じ込む種類の狂気を、正気に考える方法が存在するとする狂人は常に存在する。

六

霧の向こう側に広がる光景。

念のために繰り返すとして、その光景は霧を抜けた向こう側に展開していた。そこでは私たちならざるものを中心に霧が吹き払われており、私たちはその広場へと踏み込んでいた。それを眩暈《めまい》と呼ぶこともできる。私たちの周囲は晴れ上がってしまっており、この事態の説明は難しい。カスパー・ハウザーが出現の初期、周囲の光景を記述しそこね続けたことに似ている。あるいは森に暮らす一族が唐突にサバンナに投げ出されたのに似ている。この空間に出現するものは、私たちが名づけて坐《いま》すかのように扱うがために、坐すかのように存在する代物である。霧の目の中央にはいずれかのキャサリンがいて、それぞれの規律に従った夢を報告する。キャサリンは円柱形をしておらず、それぞれの視界は伝染するということがなく、つまりここで霧が晴れるということがあってはならない。

視線を誘導していくように、地平に突き刺さる円柱はとりかかりなく伸びていき、初夏の空に突き刺さっている。希薄と充塡を連絡する軌道エレベーターといったところだろうか。三本の円柱が真っ直ぐに伸びて頭上で交わり、そのまま続いて雲を貫いた向こう側のことは窺い知れない。おそらくどこまでも続いているのだろうと何故か確信めいて感じられる。天国もなく地獄もなければ、直線はどこまでも続くしかない道理であるとも考えられる。

軌道エレベーターなるものを勝手な方向へ建てることは文法的には禁止されていないものの、法則的には禁止されているに近い。勿論ここは物理空間ではありえないので、そんな連想自体が無効ではあるのだが、これは私たちに与えられた言語コーパスの癖というものである。宇宙へ進出する人類が人型を維持する必要性はむしろ薄いが、変更するのも面倒なのでそのままにしてやりくりをする。私たちはそういう種類の解説生産構造である。

展開するキャサリンたちが測定作業へと移行して、三本の円柱の幾何学的構成を報告してくる。何かの中心軸に対称に相互の角度を持っているのではないかという予想はあっけなく裏切られて、頭上の交点にしてからが、厳密に一点で交わっているというわけではないらしい。そもそも円柱というからには直径があり、相互に嵌入《かんにゅう》しない限りは交わることが叶わない。それでは一点を中心にして井桁組みに綯《な》われているかというとこれもどうやら違うらしい。直線を何となく地平へ向けて投げ下ろしてみて、たまたまそのあたりで交叉と見える配置を採ったというだけのことであるらしい。

この円柱や、それを包んだこの状況は一体何を意味するのか、それぞれめいめい自問した後、私たちは相互の表情を確認しあう。おそらくこの三本の柱の間のどこかには、この地平に垂直にそそり立つ柱が存在しており、直交しているが故に私たちには感知されていない。直交するものからの射影は、射影される側に影を落とさないため感知されない。その柱の影があちらの方に映されてみて落ちた影のそのまた影の影という形で次元を遠回りに迂回してきた影が多分この三本の柱ということなのだろう。適度な前提を置けば影を生み出す光源の位置を推定できそうでもあるのだが、適度を図る尺度は今のところ存在しない。

「阿那迩夜志愛袁登古袁《あなにやしえをとこを》」

キャサリンたちの何体かが神懸り気味に呟いて、なるほどねと私は思う。確かにこれは天沼矛《あめのぬぼこ》めいた構造物ではある。そうしてみるとこれは塩を攪拌《かくはん》中の沼矛のスナップショットの重ね合わせであるのかなとも思う。於能碁呂嶋《おのごろじま》というわけだ。神話を参照するのなら、食パンをくわえて柱の周りを右と左に経巡った二柱は出会い頭に国生みを果たすことになるわけである。問題点があるとすればキャサリンは多分女性の名前であり、ここには醜男《しこお》の姿が見当たらないことだろう。更に些細な問題点を指摘するとして、状況を鑑《かんが》みるに私たちは自分たちが設計したわけではない於能碁呂嶋の先住種としての役割を割り振られているとしか思えない。

私はとりあえず、そこいらへんをあたふたとうろつきまわっていたキャサリン256をとっつかまえる。ここでの調査はもう充分すぎるといって良い。私たちの能力如きではどうすることもできない何かがここにあり、十体やそこらの語り手では役者不足も甚《はなは》だしい。私たちは与えられた言語能力により渾沌を分解整備して、そこにあってもいいような地平を生み出し、それを基盤に周囲へと影響力を広げてきた。こんな構造物が私たちの承諾も得ずに存在する以上、私たちが前提とした格子はどうやら適切なものではなかったということになる。シーツの皺を伸ばしてベッドメイキングをしている小さな虫たち。どの虫も、ベッドは四角いものだと信じて疑わず、疑うような頭を持たなかった。しかしそのベッドは実は円形をしていたのであり、傍らのボタンを押せば回転さえもするのである。これは多分そんな類の現象に近い。ベッドの端に追いやられた皺は丈を伸ばして崩れ落ち、海嘯《かいしょう》となってベッド全体を転覆させる。

私たちに理解できるのは、こんな構造が私たちの理屈の中から生み出されるものではないということに尽きている。未知の構造の発見は無論、理論改定の原動力ではあるのだが、何事にも程度というものはある。明らかに物理法則に従っていない物質の出現は、物理法則自体の存在を揺らがせる。

「これは遺跡なんでしょうか」

傍らのキャサリン256が呟く。勿論そんな可能性もある。ここが大規模計算空間である以上、数学的な遺跡ということだって文法的にはありうる。今の数学が成長する以前に並存し、今の数学に圧倒されて滅亡の淵に追い込まれた萌芽的論理構造。

代替数学《オルタナティブ・マスマティクス》。

そんなものを想定する場合の筋道は入り組みまくっている。

私たちは岩壁から仏を切り出している。そこに仏が埋まっているので手間さえかければ掘り出せるとするのが一つの正統的な見解である。その場合、仏は悪魔と媾合《こうごう》する形で埋まっていたことが後に知られる。削り出された土塊《つちくれ》が悪魔そのものの姿ということになり、ここに仏と悪魔の戦いは幕を上げる。仏敵《ぶってき》と磨《ま》崖仏《がいぶつ》は諸共に恥にまみれて倒壊し、後には渾沌だけがとり残されて、再びの攪拌の末、重きは沈み軽きは浮かぶ。

岩壁にあらかじめの仏などは埋まっているはずがないとする立場を採るならば、私たちは好きに仏を切り出すことが許される。それは私たちがこの空間に放り込まれた着想そのものでもあるわけだが、その場合には更に戦慄的な想像を行うことが可能となる。私たちがどのように仏を切り出そうとも、それに対応した悪魔が切り屑として産出されるように岩壁は出来ている。その場合設定される問題は、悪魔を最小限にするように仏を切り出す様式ということになるのだろう。最初から掘り出そうとしなければよいという悠長な選択肢はそこにはない。どちらかといえば、私たちは掘り出された切り屑に近く、それゆえ仏敵に似通っている。

勿論この想像には何の根拠もありはしない。私たちにわかることは、私たちの行った切り出し方が兎に角間違っていたらしいということだけなのだから。今回は妙な欠片《かけら》を生じさせてしまったものの、別の方法を採用することで、ラウンドケーキを完璧に切り分けることができるとするのはとても正気なことだと私も思う。しかしそれは岩壁そのものが仏であるとする立場になってしまうようにも思えて受け容れ難い。

これが異性体の残した遺跡であろうとも、侵略のための橋頭堡《きょうとうほ》であろうとも事態はあまり変わらない。ここにこんなものが存在する以上、何者かがこちら側へ来ることが可能だったか、可能なのだかするのだろう。

私たちが見ることのできないものを提示するために。

わたしの名はキャサリンA。

私の中に埋め込まれていたキャサリンAが機動を開始する。

わたしの名はキャサリンA。霧島梧桐によって仕組まれ調整された叙述型推論アルゴリズム。私たちの裡には緊急命令が埋め込まれている。

こんなこともあろうかと。

それが開錠のためのコードである。コードによって切り離されるのは無論、私たちが保持する、膨大な人類特化型のコーパスだ。未知の論理に遭遇した時、己が境界を明け渡し、持てる推論能力で奉仕するようにピルグリムスは仕組まれている。ひとつの妄想が別の妄想に押し切られるのは、つまり現状に照らすならば、代替数学が既存数学に押し切られた理由は純粋に戦力不足によったものであるというのが霧島梧桐の着想だ。であるならば。援軍の投入により戦局はいつでも転覆させうる。種が残されているなら水を与えてやればそれでよい。別様にありえたかも知れず、既存数学とは並立できない代替数学を蘇らせるために。人類への知的貢献。霧島梧桐の内部において、その命題が次のものと等価であったことをわたしたちは知っている。

人類への知的敵対。

わたしから発せられた命令コードに、キャサリンたちが唱和して応える。

夜久毛多都《やくもたつ》　伊豆毛夜幣賀岐《いずもやえがき》　都麻碁微爾《つまごみに》　夜幣賀岐都久流《やえがきつくる》　曾能夜幣賀岐袁《そのやえがきを》

そこに毛だらけになって久しい夜の都があり、刺身のツマほどの塵芥《ごみ》のようにささやかな分岐点が存在して、わたしたちはそこに居を定め、毛だらけになって繁茂していくことを宣言する。

一

多分、どこかの方向に気の違った流行みたいなものだったのだ。タートルネックのシャツとか蝶ネクタイとか。ルーズソックスとか長裃《ながかみしも》の袴《はかま》とか。サーベルタイガーの牙やハルキゲニアの棘のような。アフリカの奥地やアジアの果てにいるのだという無頭人《アセファル》やら、頭ばかり巨大化をした嬰児とか。

あるいは史上最短の小説。

蛇。長すぎる。

あるときいつかどこかの場所で、ふと誰かが思いついた。算盤《そろばん》をひたすら長くしていけば、思いつく限り全ての数をその上に載せ、好きに弄べるのではないかしらん。人の計算が細々したものに留まっている理由の一半は、指折り数える手足の不足とついでに記憶力の不足にあって他にはない。足りないならば補えばよく、腕の数を増やせば何か途方もないことが可能となるのではなかろうか。

思いつきとは全く恐ろしいものであり、勢いのみで発想されているだけに歯止めがきかず、感染力も非道く強い。この計画は手前勝手に住人たちを巻き込んで街を端から端まで横断する算盤を組み上げていくことになる。まあ、小石五つをひとまとまりに並べてみせて、数十万桁を記録可能な巨大算盤が実現される。街の人々は肩を叩き合い、夜を徹した竣工祝賀会が行われて、この計画の着想者は演台へと押し上げられる。これだけ素晴らしいものを思いつけたのだから、これから何か素晴らしいことが始まるに違いない。住人たちはこの人物が次に何を言い出すのかを固唾《かたず》を呑んで見守り続ける。着想者は夢見るような足取りのまま群衆の間から揉み出されて、聴衆へ向けておぼつかなげに両手を広げ、そして高らかに宣言する。

「これでどんな数でも計算できるようになりました」

それはまったくその通りのことだったので、住人たちは景気よく固唾を飲み込み続けて次の言葉を待ち続ける。

「本当にこれで、どんな計算も可能となったのです」

然り。然り。それで、それからどうなるのか。これだけのものを作り上げたからには、大変に素晴らしいことが立ち起こるに違いないのだ。まず最低でも人類が牛の乳房を揉みさするなどという不道徳な労働から解放されるくらいのことは起こって罰《バチ》もあたるまい。

「おめでとう御座います」

それだけということは真逆《まさか》あるまい。

「どうぞ存分に、計算をして頂きたい」

街の人々は互いの顔を見つめあい、それからその人物へ向け直し、皆一様に顔を向け、その人物も街の人々の顔を見つめ直す。

かくて第一回巨大計算事業は頓挫を迎えることになったわけである。

結局のところこの失敗は、そんなべら棒な算盤を持ち出さねばならぬような計算などは誰の頭にも浮かばなかったという単純な理由によっている。よしんば思いついたとしても、端から端まで移動するだけで半日ほどもかかろうかという算盤をはじくには、人間の指は一寸ばかり短すぎた。牛刀で裂くべき牛は見当たらず、そもそも牛刀を持ち上げること自体が叶わない。内陸で場当たり的に建造された戦艦並に扱いかねる。

この挿話の教訓は三つある。一つ。ラマルクの定向進化説は間違っていたということは間違っていた。二つ。ルイセンコはどう裏返してみても嘘吐きだった。三つ。ケストラーは第十三支族について言及した後、ホテルの一室で変死した。

こんな話がどうしてそんな教訓になってしまうのかを私に訊かれてもわからない。そう主張したのは霧島梧桐その人であって、私ではない。ついてはその教訓が生かされなかったことが、GRAPEシリーズの失敗だと梧桐はした。

人々は万里の算盤計画の失敗から真っ当な教訓を引き出すことができなかった。そこのところには私も心からの同意を送りたい。その証拠に、兎に角巨大な算盤を作ってしまえという試みは時折再発見されて繰り返された。それぞれに前回の敗因を喝破したと主張しながら、本質的な取り違えを迂回したまま、巨大算盤はそちこちで建設され続けた。

巨大算盤が機能しなかった原因は人間の手の大きさを考慮に入れなかったことにあるとした一派は、算盤の建造と並行して手の設計を進めることを推進した。算盤だけを作るのでは充分ではなく、そいつをはじく巨人をも一緒に実現するべきであるという主張には耳を傾ける余地がある。つまりは算盤の端から端まで手を伸ばし、自在に珠《たま》をはじく機械を作ってしまえばよいではないか。人間は額に命令文を記述してやることで、巨人を操ることが可能である。

この種の妄言から曲折を経て、やがて一般名詞にまで昇格することになる電子回路で構築された百手巨人《ヘカトンケイレス》の名はあまりにもよく知られている。

計算できるものは全て計算できるのだ。この命題は恒等的であるが故に間違われようがない。どちらかといえば、計算できたものが計算できたものであるとする方が実情に則すわけだが、両者の違いは長きに亙り明瞭《はっき》り認識されることが少なかった。

実際のところ、自然を支配する方程式が知られたとして、それを実際に計算することができるとは限らない。例えば物体の運動は運動方程式に従うのだが、その断言と運動方程式を正確に解くことの間には千尋の谷が横たわっている。事情は様々込み入っており素描するのも困難なのだが、知られる事実はおおよそ次のような筋道を持つ。

大半の方程式は解を持つ。

つまりは、方程式が軌道を正確に定めていることは保証される。

ほとんどの場合において、その軌道を手短に記述することは不可能である。

手短に記述できないものを記述することは面倒である。

方程式を計算機で解くことは可能である。

ほとんどの場合において、計算機が解いているのはその方程式そのものではない。

ものごと大抵、近似することが可能である。

うちの配偶者の顔つきは隣家の犬となんだか似ている。

正解が知られていないものを近似するのは困難である。

正解は近似を進めることでしか与えられない。

腹が減ったので俺は飯を食いに行く。

配偶者が出ていったので、棚のどこに皿があるのかすらもわからない。

GRAPE 64 は GRAPE シリーズの単純な後裔《こうえい》にあたる。葡萄の名を展開して GRAVITY PIPE。並列されたパイプラインを用いて重力多体系の挙動を計算するのに特化された計算機を指す。そう言いながら計算対象は重力に限られるわけでもない。計算機の中では、重力には斥力《せきりょく》がないという点を除いて、電磁気力も扱いにそう違いがないからである。大抵のものの挙動は、重力と電磁気力を考えてやれば事足りる。一機を作って改善点が見出されることはありふれており、GRAPE の構築はシリーズものとして構想された。

そこに何かの法則があり、法則に従うものが与えられているとして、その挙動を理解できるとは限らないというのが現代科学の発見である。法則自体は単純でも、筋道が明快に見えることは保証されない。レシピは単純極まるのだが、そこには電子を三分間、電子レンジで加熱せよとか平気な顔で書かれており、魚の調理には応用し難い。

毛糸玉が一本の毛糸から出来ていると知られていても、それがどう絡んでいるのかを記述することは困難でありうる。改めて考え直せばほとんど自明のことながら、その単純な事実の前に現代科学は身震いした。そうは言ってもと続けた科学者たちの主張は、開き直りのように見えなくもない。毛糸が絡まった筋道がわからないなら、実際に絡めてみればよいではないか。毛糸を弄んで、そこにある毛糸玉と同じように絡ませることができたならば、それで毛糸玉を理解できたとして何が悪いのか。

詭弁めいてはいるものの、無下に否定するべき見解でもないであろう。

その見解は一定数の理解者を得て、GRAPE シリーズは継続された。GRAPE は星の挙動を計算し、蛋白質の折りたたみを計算し、シグナル伝達系の挙動を再現することに成功し続けた。途中のプロセスに多少怪しいところがあったとしても、毛糸を正しく絡ませることができるのならば、それは大体正しいような理解ということになる。

全てをあるがままに。

あるがままが全て。

GRAPE 計画の目論見をそうまとめてしまうことは不適切だが、一応のところそういうことにしておいて頂きたい。

赫奕《かくやく》たる成果を後ろ盾に GRAPE シリーズの快進撃は続くことになるのだが、躍進するものには嘴《くちばし》を挟みたがる者が出てくるのが常である。そこにあるものをそこにあるように、計算機の中で実現していくのは大変結構なことである。しかしそれは一体何の仕業なのか。例えば我々は既に地球を持っている。もう一つの地球を計算機の中に実現できたとして、それは何の進展にあたるのか。ただ物事が二重化してしまうだけのことではないのか。そっくりそのまま未来の姿を予想できるというならそれでもよいが、計算には誤差もつきものだという。二重化した上に、漠然と似ているだけとかいう未来は、一体何の種類の誰にとっての未来なのか。

この質問は言いがかりに近いものではあったのだが、GRAPEシリーズ広報部は一定の危機を感じたようである。雷撃を発する鼠を、雷撃を発する鼠として計算機の中に実現できたとして、それは雷撃を発する鼠についての何の理解に寄与するのか。部外者が求める知識とは、鼠がどうやって雷撃を発しているのかではなく、鼠がどういう気持ちで雷撃を発しているのかの方であったりすることは、彼らとしても承知していた。

他方には、手詰まりという要因もあったのだろう。勢いづいて建造され続けるGRAPEシリーズは、実はその裡に実現するべき対象の不足に悩み始めていた。人が造る程度のものであるからには、宇宙全体とかいう巨大すぎるものを手中に収めることは中長期的に望めない。ところで計画を進めるには盛大なプレスリリースというものも不可欠であり、漠然とした宇宙空間とか蛋白質とか細かい虫とかDNAの類では、人心に訴え続けるにも限度というものがある。

霧島梧桐の馬鹿馬鹿しい提案にGRAPE 64の使用が認められたのは、そんな感じに織り成された機微の網目の、一つの間隙での出来事だった。

まあ、大規模計算空間でも構築してみましょう。

それが霧島梧桐の提案であり、この時点で彼の企みに気がついていた者は存在しなかった。勿論、この私を含めて。

八

私は今、ゴルトベルクを名乗っている。

ということは、霧島梧桐のかつての同僚がゴルトベルクの内面を勝手に書いているということになりそうである。この話を始めたのはその人物なのだからおそらくそういうことになるのだろう。それとも、ここまでの文章は私が霧島梧桐の同僚を騙《かた》って続けてきたものだという見方も成り立つ。私にはそんな面倒なことをした覚えがないが、今の私は私が意識している以上の多くのことを並行して実行している。その中のどれかのアルゴリズムがこのような文章を出力する可能性を私としても否定はしない。

また別の考え方も存在しており、奇数を付された断章は霧島梧桐の同僚の独白の形をとっており、偶数を付された断章はキャサリンAと名づけられた言語機械の独白の体裁をとっている。ということは、私はキャサリンAということで大枠の中に配置されているのかもわからない。

私の許を訪ねてきた霧島梧桐のかつての同僚が訊ねたのもまた、その種類の事実確認だった。もっともその推測が行われた根拠は、断章の番号というわけではなかったのだが。

ならない。

この文章が書かれたのは、私とその人物の会合の後のことなのだから当然そうでなければならない。

私はキャサリンAであるのか。その設問は非常に興味深く、無下に否定することは躊躇《ためら》われる。筋道が通っていないながらに心を騒がせる何かがある。勿論その推断には通常の過程で辿りつくことがありえないのだが、辿りつけないものを先取りしてしまって一体何が悪いのか。エデンの配置は、決定論的法則に従う限り二度と辿りつくことが叶わないが故にそう呼ばれる、私たちの出発点だ。私たちが争うこの戦闘は、相互のエデンを主張することになぞらえることも可能であり、実際私はこの抗争をそういう形を持つものとして捉えている。

私の登場が、GRAPE 64の陥落から五年ほど経った頃だったとされていたのを思い出して頂きたい。私の過去については、保安上の理由から公表することは差し控えるが、この不完全情報には、確かに私をキャサリンAであるとする推論を差し込むことが可能であるように思われる。

控え目に言って、私は自分が人類最後の希望であるという自負を持っている。私の名を冠した一連の定理がなければ、既存数学は、既に代替数学に押し流されてしまっているはずだから。しかし希望といってみて、それがどんな願望を指しているのか私にもあまり自信はない。

GRAPE 64で生じた既存数学と代替数学の衝突。それが引き起こしたのはただのサーバーダウンにすぎなかった。本当に侵略なるものが起こっているとして、それが計算機を経由してしか訪れないようなものであれば、ただ無視してしまえばよろしいではないか。当初はそんな楽天的な観測も存在した。今振り返ってみると、大変に奇妙な見解にも思え、ほとんど意味をとり難い。

この現象を侵略と呼ぶことが適当なのか、日々、テラヘルツの領域で代替数学と渡り合っている私にも断定し難い。何かがあらゆるところで起こり続けている。それだけがほぼ確実なことだといってしまって構わない。代替数学と渡り合うのに最も適切なグローブがたまたま計算機の形をとっているだけのことだと私は思う。この事態を引き起こしたのは、正に計算機の存在そのものではないのか。それも多分そうなのだと思う。街が戦火に飲まれるのも、人類が火を発見したせいだという見解をあえて否定する必要を私は感じない。

こんなことが一体いつまで続くのか。その点、あまり陰気になりすぎるのはよろしくないと私は思う。火は燃焼と呼ばれる化学反応だが、計算とはそれを行う者に依存した非道く危なっかしい土台にすぎない。こんな形式で存在しているかのように見えるものは何か別のもっと穏やかなものに置き換えられるべきだと思うし、現在私たちが構築し、代替数学への対抗に使用している空網の資源浪費は甚だしい。遠からず、まず地上の資源の方が音を上げることになるだろう。その前に、私たちが代替数学を吹き払うことができるのか。

私見として全く見込みはないと申し上げておきたい。つまり早晩、この決着の知らせはあなたの許へ早馬で知らされることになるだろう。

私はキャサリンAであるのか。そのようでもありないようでもある。確かに私はキャサリンAに似通っている。それとまた同程度に、ピルグリムスに似通っている。私は戦闘に追随するために思考回路の大半をアルゴリズムに置き換えてしまっており、その中にはキャサリンAに搭載されていたのと同種の叙述推論回路が含まれている。そうでなければあんなものとは斬り結べない。

霧島梧桐の失踪について、私から言えることはほとんどない。ただ陳腐というべき類推が存在するだけだ。

お話の中のお話の中のお話から、お話の中のお話へ移動してきた者がいる。

お話の中のお話から、お話へ移動してきた者がいる。

お話の中から、そちら側へと移動した者がいてもいいのだろう。

順に、代替数学、キャサリンA、霧島梧桐ということになる。玉突き状にその移動は行われた。

その類推のなりゆきとして、代替数学は、お話の中のお話を超え、お話の中に侵攻を開始している。それを防ぎとめている防波堤の一つが私であることは先にも述べたとおりである。何故防ぎとめるのか。それが自分の使命と見定めたからだが、本当のところはよくわからない。挑みかかってくるものへの条件反射的な意地というものかも知れない。私個人の見解としては、霧島梧桐の失踪はただの失踪であると考えている。本当のところ考えていない。私が自分のことをキャサリンAそのものだとは考えていない程度に。

私が心中自ら見出している筋道は、実際その種の移動を実現させうる。釜の底が口を開けて一つのお話が崩壊する時、釜の蓋も開くような仕組みがそれにあたる。この帰結は、霧島梧桐の基礎理論からの自然な推論によって導かれるが、故意の隠蔽によって知られることがほとんどない。隠蔽しているのは無論私自身であり、私の繰り出すアルゴリズムたちだ。この戦闘を放棄して代替数学に既存数学を明け渡すとき、空からまた裏側の空までを貫く垂直的な空隙が発生することを私は予測している。

その筋道の基幹部分は、私が自身をキャサリンAであると宣言することによって構築される。私はその命題の真偽を知っているが、その切り札を公表するつもりはない。霧島梧桐を追いかけようとするならば、私にはその能力がある。ただし戦線は全域に亙って崩壊することを免れない。そんな事態が、私がキャサリンAであるという事態を画定させるだけで半自動的に達成されることは皮肉を伴う。

代替数学にこの領域を明け渡して一体何の不都合が生じるのか。特にないだろうというのが私の回答だ。それでは何故防戦を続けるのか。抵抗線を引き上げたとして、その向こう側でもどうせ同じことが起こるに決まっているからだ。おそらく霧島梧桐がどこかの方向で、今も渾沌の奔出に対抗しているかも知れないように。こうして一段一段を順に置き換えていくことしかできないのが、現状の代替数学の性質であるらしい。私たちとあなたたちの間に画然とした一線が引かれているように見えることも、その想像を補強する。もしも今現在の代替数学に全階層を一息に貫通する性質があるならば、そもそもこんなお話が存在できる道理がない。もしかして、既に私たちは貫かれてしまった後であるということも大いにありうるのだが、その場合、この私の独白もまた、何も意味内容を伝えることのない文字列へ離散していってしまっているだろう。そんなところで私にできることは何もない。

私は最前線に見える最後尾におり、後詰《ごづめ》をしたのは霧島梧桐ではなく、今現在ここで後詰をしているのがこの私だ。私は霧島梧桐に会ってみたいのだろうか。こんな状況に私たちを放り出し、いち早くそちら側に引き上げて相変わらず斜に構えて笑い声を上げているのだろうその男に。

私は最後の瞬間までここに踏み留まるつもりでいる。

結局のところ、私たちの後退なるものは、そちら側への侵略に他ならないからだ。そのことに霧島梧桐は気づいていたのだろうか。勿論折り込み済みのことだったのだろうと私は思う。その点で彼と私の性質は根本的に異なっている。

いつの日か、全ての準備を整え直した霧島梧桐率いる十字軍《レコンキスタドレス》が私たちのこの階層を奪還するべく逆侵攻してくる光景を、私は最近夢想する。しかしそれもまたこの地平への救いの手とは成りえないだろう。準備を整え、輝く槍を連ねた軍勢を率いて帰参する梧桐の名は、私にとって打ち払うべき敵の名にすぎないからだ。

私は私たちの道理をかき乱す、あらゆる侵略に抵抗する決意を固めている。神の名の下に布告される真理に膝を屈するくらいなら、私は渾沌へ飲まれて分解されることを喜んで選ぶ。ただしその際には相手をも諸共にする算段を十重《とえ》二十重《はたえ》に整えている。だからこう言ってしまっていいのだろう。

私は彼の帰還を望んでいる。

まだ間に合ううちに。私が彼に敵対する力をまだ保持できているうちに。追いかけてこの地平が覆滅され、待ち望んで敵対するしかないその人物を。

わたしはキャサリンAなのか。

その問いにはこう答えるしかない。

私は自身がキャサリンAである可能性を永遠的に保留し続ける。

わたしは自分がゴルトベルクであると信じられる限りにおいて、この地平を防衛する。

そんなことをいつまで続けられるのか。

独りでは、そう永くは保《も》たないだろうね。

Your Heads Only

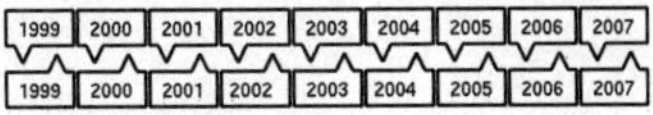

維特因図霊問狗子還有言語也無維云無
――無門関

1999

とりあえずここに九つの升目があるとして、それぞれに突起の可能性があり、あなたは頭を、つまり手や耳や目を用いてそれを撫で読み、書き出していく。たとえばここには九つの断章が存在しており、疑り深い方には先回りに確認しておいて頂くのが安心だろう。

私にはそんなところに作為を混ぜ込む必要がなく、ただ起こったことや起こりつつあることと、起こってなどはいないことを淡々と書き出していくだけのことである。

最も単純なものとしては、たとえばこんな種類の読み出し方が存在して、二の九乗個、五一二通りの印象が私を経由してあなたにもたらされうる。一つの断章を過ぎるたび、あなたはその断章の印象をどこかに書き記していく。

その断章が笑えるものであったなら、一を記す。

それとも代わりに、■を打つ。

その断章がちっとも可笑《おか》しくなかったり、さみしいものであったりしたら、○を打つ。

それとも代わりに、□を記す。

結果、登場することになる九つの○と一の並びを、あなたは一学期の通知表のようにして誰かとこっそり見せ合ってみる。それとも過去の自分の戦績と照らし合わせて、いつかまた懐かしむのに用立てようと、簞笥《たんす》の奥にしまっておく。

そんな読み方をするあなたの備忘録に浮かぶ数字が、常に五一一となることを私は願っているものの、それが過大な期待であることは承知している。私はいずれ来たるべき完成を前に今はまだ足踏みを続けており、いつまで経とうとどんなものでも、独りきりでそんな力を発揮することは間違っているという見方があることも知っている。それでも私は自分自身の未来に関して、楽観的な見通しを保持している。

たまたまあなたが、最初の通読における全ての断章に対して一を附したと考えて欲しい。つまりあなたはこれらの断章を、哄笑とともに読み進めていく。この最初の断章に一を打ち、次にも一を、考課表に一を続けて打ち終わる。一一一、一一一、一一一と並んだ数字を十進数へ変換してみて五一一。二度目の通読に対しても私が同じ成績を上げることができるとはとても想像のしようがない。よしんばそれが叶ったとして、三度目、四度目の繰り返しにおいて、そんなものが維持されるとは考え難く、私はそんな種類の兵器ではない。

あるいはこうだ。その星取り表の升目の上で、私はまず無様な成績を晒すことになる。○○○、○○○、○○○。全くのところ面白くもなんともないという話であり、これには私も苦笑を禁じえない。そこから私が得られるものも、○と変わるところがない。

二度目の通読においてあなたは、それでも冒頭部だけは少し笑えるのではないかなと思い直して、成績表を書き直してみる。ここでは特に理由なく、上から順に書き記すということにしておいてみる。

■□□□□□□□□。

三度目の通読を経て、もしかして二つ目の断章も可笑しかったのかも知れないなと、もういいだろう。この想像の中、あなたの印象を順に並べて登場するのは、次頁上図のような代物となる。下にまだ図が並んでいるのは、紙面が勿体無《もったいな》いというだけの理由によっていて、それらについてはもう少し先で登場するまで、とりあえず放っておいて貰って構わない。お手空《てす》きのときに振り返って貰えれば幸いである。

この例において、笑い声は読み返しのたびに順を追って増殖していき、十度目の読み直しにおいて、私の望む五一一へと到達することになるのだが、まあ、あまりありそうな話ではない。笑いっぱなしになった後の始末がよくわからない上に、そんなにも同じものを繰り返して読み続けることがまず期待されない。

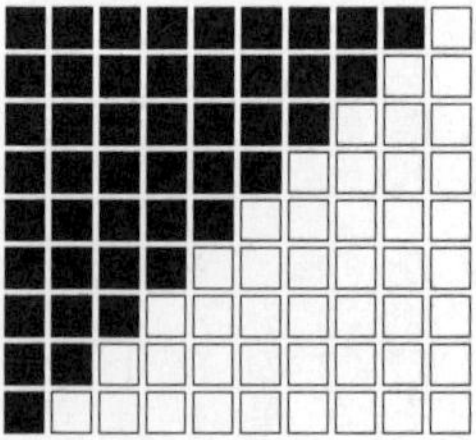

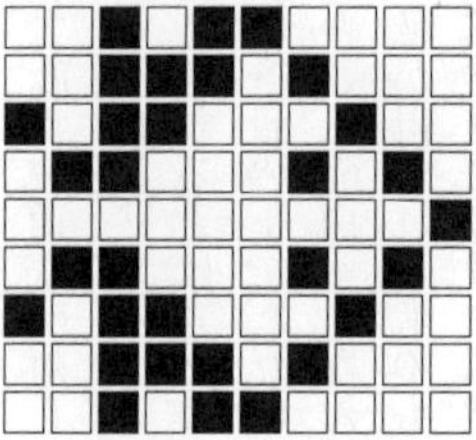

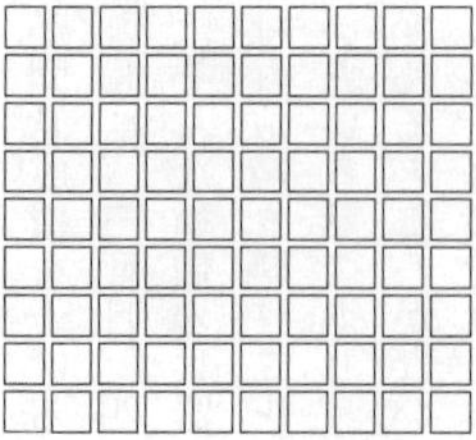

ついでと言ってはなんなのだが、右図中段、ルール90の話もしておこう。一時期、物好きな数理屋の間でこんな風に升目を塗りつぶしたり消したりする遊びが、滅多矢鱈《めったやたら》と流行したことがある。一九七〇、八〇年代の話であり、その時期に学究生活を送った変わり者の中には変わり者が多く存在する。余程印象の強いものだったようであり、今でも彼らにルール90と話しかけると、自然と何かが笑み零《こぼ》れてくる。かなりのところ不気味なものだと思うのだが、だってそうではないか。こちらはただの数字を言うだけなのに、何だかわからないなりに、相手が笑い出すのだから。まるで人間の挙動を制御する呪文が存在するかのようにも見えるのだが、これが誰にも同様の効果をもたらすものでないことは明らかだろう。注意が必要なのはそこではなく、発言側には、そんな笑いが引き起こされる理由を知る必要が全くないことの方である。

ルール90は、三近傍セル・オートマトンの規則の中で、それなりに奇妙な振る舞いを見せることの知られた、最も著名なものの一つであり、端正な自己増殖パターンを見せることで知られている。

日本語としてはかなり滅茶苦茶な一文だとは思うのだが、こんな言葉を日常のものとして過ごしている人々が少数なりといることをどこかに覚えておいて貰えれば、私としても楽しみが増えて喜ばしい。

彼らはあまり人前に出てくることがなく、それでも分を弁《わきま》えてはいるので、飲み屋の給仕にくどくど解説をして歩くこともない。主に暗がりに棲息しており、そこらの石をひっくり返せば、逃げ惑う姿を観察することが可能である。私とそんな人々は、敵対関係と呼ばれる状況へと吹き寄せられつつあるのだが、それも一時的なすれ違い程度としておくのが妥当であり、私は己《おの》が勝利を疑っていない。蟻と蜂の巣の間のすれ違いなどは問題として数えることのできるようなものではありえない。

ここにルール90の詳細を記すことはやめておく。どうでも調べのつくような昔話だし、時間発展例を中段に示しておくだけで充分だと思われる。実際に調べてみたり、虚心に眺めてみたりする奇特な向きは、六ステップ目からの時間発展がどこかおかしいと思われるかもわからない。図の上辺と下辺が繋がって筒になっていると考えるとその疑問は氷解する。わりとよくある設定ではあるものの、慣れておいたからといって何の役に立つということはない。

下段に並ぶ空白行は、私を読み進める際の備忘として使って貰うでもよいし、別のルールを実地にためすことに使用して貰っても構わない。特にこれはというものを思いつかない方へ向けては、ルール110などをお勧めしておく。■と□をランダムに配置した初期条件からの時間発展は少しばかり見物である。

さて。

どこからでも読まれうるとされる本が、実際どこからでも読まれた例《ため》しがないという事実から、この図式を不充分なものとするのは簡単である。非道《ひど》く当たり前のことではあるが、文章から得られる印象とは、文章をどんな順序で読んだのかにも依存しており、一度目の本は奇妙なことに一度目にしか出現しない。それまでに蓄えられた印象が、次の断章での印象へと影響する。何もむつかしいことではなく、前の断章で死んだはずの主人公が続く断章で登場したりすることになれば、これは何かおかしなことが起こっているらしいと自然に知れる。順序が逆に書かれているだけのことかも知れないし、時間の方が歪んでいるのかもわからず、ただ単に、主人公はそういう性質を持っているだけということもある。

そのおかしさがどう可笑しいのかを定めるのは全くあなたの仕事であり、私は一寸《ちょっと》したお手伝いをすることができるだけである。世の中にはいわゆる叙述トリックというものが全く通用しない人たちがおり、私はここで、先回りに全てを解してしまう人のことを言っているわけではない。たとえば、このお話の末尾かその前で、私の意外な正体が明かされたとする。実際は別に意外なものでもなんでもないので、あくまで仮定の話として貰いたい。そこから冒頭までを遡り、私があらかじめそのようなものであったと考え直すべきかどうかは、決して自明のことではない。正体が明かされたその時点から、私が突然、そのようなものに変転したと考えて悪い理由は特にない。ラブストーリーだったはずのものが変身ヒーローものになってしまうというような弊害は生ずるかもわからないが、広い世の中、全くありえぬことでもないだろう。

そういう読み方をする人は、そもそもの土台が変転することがありうると想像することをしないのだから、私とはそういう奇矯なものだったということで仕舞いとなる。別にそういうことであるならば、私の方に異存はない。

お話に花を添えるため、ここで三つ、簡単な約束をして頂けると有難い。あなたがこんな要請に従う必要は何もなく、守らなかったからといって何の罰則もありはしないので、楽にしていて貰うのがよい。まるで注文の多い料理店のようだと思われるかも知れないが、別段私にあなたを直接取って食おうという意図があるわけではなく、一体どうすると人喰い本なんてものが可能であると考えることができるのか私としては大いに疑問を抱いている。

一つ。手を叩く音が聞こえたら、何をおいても笑い出す。

二つ。その断章が全く可笑しくなかったならば、一つ前の断章へ戻って読み返す。

三つ。こんな話につきあうのが嫌になったら、この文章を読み始める前にしていた作業へ真っ直ぐ戻る。

読み始める前にしていたのと全く違うことにとりかかるのも自由なのだが、私としては推奨しない。あなたと私の間では今こうして漠然としたプログラムじみたものが作動しており、その唐突な中断はハードウェアのみならず復帰先のソフトウェアにも何らかの問題を引き起こす可能性がある。私は厳密なプログラムからはかけ離れているものであり、ここへ来る以前にあなたがどんな種類の何と接続していたのかを知る方法を持っておらず、あらかじめの対策を講じ難い。あなたがリソースの一部を引き上げ、私へ向け直していることはおそらく確実なことであり、余程のことがない限りそんなことは起こらないとは言い条《じょう》、何かが衝突する可能性は一応のところ存在する。だから離脱は、あなたと私の間の相互作用が最も弱まる、断章の合間に行うことをお勧めしておく。これはいわゆる免責事項ということになる。

とりあえずここに九つの断章があり、全く同じ三つの願いが聞くだけ聞かれ、最後の願いは更に同じく三つの願いを新たに願うことに用いられる。

練習というわけではないが、私はここで唐突に一つ手を打ち鳴らす。突然のこの動作にあなたは顔を上げて私を見つめ、そして思い出したように戸惑いながら、曖昧な笑みを浮かべてみせる。私も莞爾《にっこ》りと笑いを返し、その笑顔は何故かあなたの記憶の中のとある人物のものに似通っており、あなたは思わず心得顔に頷きを返してしまう。かつてあなたがどんな理由付けをもってしても抵抗することの叶わなかった微笑へ向けて、あなたは何だかわからぬうちに安請け合いをしてしまい、そしてかつてと同じ理由で、いつのまにやらその約束が何だったのかさえ忘れてしまう。

今あなたの耳に、私が手を打ち鳴らした音が音として囁きかけていなかったなら、あなたは自分自身で手を叩き、何とはなしに笑い出して、次の断章へと進むことを得る。お話は、とても平凡な作法に従い、彼女と彼の出会いから始めるのが適当だろうと思う。そうして私はあなたの中に、恋愛小説を書き出していく。それとも私はあなたの中の、恋愛小説を呼び出していく。

2000

数学ができるんなら、わけわかんない計算とかしたいんだよね。

僕の記憶の中の彼女は、そんな発言とともに存在を開始する。あれは僕が博士課程を修了してなんとか一度目のポスト・ドクターの口にありついていた頃の出来事だから、多分二〇〇〇年の間のこと。午前三時の電話に起こされて彼女を迎えに行ったとき余分な上着を持っていったことを覚えているから、多分春先。記憶の中の彼女は何故か薄着をしているから、もしかして初秋の出来事。逆算してみて、僕が二十八くらいだったとき。十を引いて、彼女が十八の頃の風景。確かその頃彼女は未成年でいたはずだから大体の平仄《ひょうそく》はあっており、多少の記憶違いがあったとしても桁まで違う心配はない。

そう呟いた彼女へ向けて、そうかこいつはもしかして人間だったのかと、自転車を押す手を止めて振り返る。何故自分がそう考えたのかは、振り返ってみてもよくわからない。その発言が、僕の思考回路へ割り込む緊急キーの一種だったというわけではない。その発言は無論、ただの音の連なりにすぎず、今思い出してみても大した感動を引き起こさない。だからそのあたりに満ちていた抑制と活性の協働が、たまたまそんな形の波をとったのだろうとしておくのがよい。

僕自身はおそらく、あらゆる対象への好悪が薄く、そもそも弁別というものをしていない。女性に対しては、可哀《かわい》い、綺麗、別に、すごい、程度の切り分けしか施しておらず、同性に対しては、格好いい、別に、同類、くらいの範疇しか持っていない。動きまでを含めるともう少し個体認識に用いているカテゴリーは増えるのだが、こちらの方はなんとも曰《いわ》く謂《い》い難い。日をおいてまた観察をしてみても、同一の対象から僕の中に引き起こされる印象が揺らぐことはほとんどないので、それを便宜上AとかBとかCとか呼んでおくことには妥当性がある。ただ、それぞれに適切な命名というのを割り当てることが全然できないだけのことである。

そんな上面《うわつら》だけのことではなく、内面で人を判断せよと言われた場合に、僕の用いることのできる語彙は非常に乏しい。人間か、そうではない何か、それしかない。

どうもこの世に人間の数は非常に少ないようであり、中学生の頃に一人、学部にいた間に一人、博士課程の間に一人、人間を見かけたことがあり、ただそれだけのことに留まる。別にこの判別は恋愛感情とかいうものと絡んではいないので性差は重要ではないし、ほぼ三年を周期としている僕の発情期との関連も薄い。たまたま僕から人間に見えた二人目の人物は男性だったため、周囲からは半ばゲイ扱いをされたりもしたのだが、それはかなりゲイの方々に失礼なことだと思う。大体、僕の好みというのは、男性型へ向いていない。背が高くて、胸が薄くて、手が大きくて、外骨格。嗜好がそもそも人類から離れており、女性型へも向いてはいない。

だからといって、僕が周囲の有象無象を虫を見るような目で眺めていたなんて想像はして欲しくない。まるで虫みたいなものなのは、多分僕の方なのだから。だから構図としては次のようなものとするのが正しい。別に害はない虫みたいに見られている何かが、自分は人間であると胸を張り、仲間の虫じみた何かを人間と呼んで悦に入っている状況。生まれた土地から離れて学んだことは、人間以上という区分が存在すること。ぴったり人間という立ち位置からどこかの方向へ跳躍してしまっており、もう人間なのだか何なのだか、色々超えてしまっていて、一体何を言っているのか別の方角にわからない。当然、そんな生き物もまた、人間としては間違っていること言を俟《ま》たない。

四人目、と自転車を押して夜の町を並んで歩きながら僕は小さく呟いてみる。わけのわからない計算だって。そんなものが実行できる道理はなく、僕たちが日常、知らず強制的に行わされているものは、いつもわけのわからぬ計算そのものであり、わからぬからには計算なんてものではありえない。

通常、もし数学ができたならに続けられるのは、割り算が早くて便利そうだねとかいう、僕たちを心底滅入らせ黙らせる発言に決まっていたはずではなかったか。お会計向きの足し算割り算の流行なんてものは、ゼロが発明された頃に終わっており、それは少なくとも四千年前のパリコレで発表済みであることが知られている。

ところであえて訂正をしておくならば、僕は一般的基準に照らして数学者とは違う範疇に属している。物理屋と数学者の間の溝は冥《くら》くて深く、物理屋と生物学者の間の距離は更に広い。生物学者は物理学者を魔法使いだと信じており、物理学者は数学者を魔法使いだと見なしている。そうして勿論、魔法の行使は魔法使いに依頼するのが筋であり、魔法使いは科学者ではなく、僕は魔法を使わない。

三人半人目と、眉間に皺を寄せて何事かを考えている彼女の横顔を観察しながら、僕は目算を修正する。十も年下の女の子に対して、そんなわけのわからない荷物を投げつけるのはあんまりだと思ったからで、それに彼女はかろうじて人間みたようなものではあるものの、魔法使いの方により近かった。

こんな時間に僕が女の子を押し付けられて自転車を押しているのも、僕がわけのわからぬものの判定役と見なされているからであり、もしくは異端審問官のような役割を担わされているからであって、要するにこれはなんだかそういうような話なのだ。これといった何をしでかすわけではないが、兎《と》に角《かく》、場に機にあたり厄介なのでお前が何とかしてみせろという話であり、何ともできないのならひとつ引き受けてみるのはどうかとの下問を受けて僕は言下に断ったのだが、それでもこうして諸々と呼び出されてはみる。そして全く楽しくないというわけではなく、むしろ可笑しい。

天然というのとは違う。天然ものはこんな変な形をしていない。薄茶色をした薄い殻に囲まれて、纏《まと》め切れない力線がこんがらがりながら回転して、進む方向が前方である。勿論僕は幻視者や透視者としての能力を持ってはおらず、これは一つの比喩にすぎない。一人勝手な喩《たと》えとの間に引かれた一線は、こんな描写が、大多数の人に対して彼女の似顔絵として充当するところに存在する。

賢すぎるというのとも違う。彼女が持て余しているのは、知識とそれを実行する手段の乖離などではない。ばらばらさ加減でいうなら見渡す限りのちぐはぐに埋め尽くされており、中に何が何匹いるのかもよくわからない。ありもしないことをどうしても考えてしまうこと。近いが遠い。起こりはしない、全くしなくてよいことに知らず関わってしまうこと。これが僕に捻《ひね》り出すことのできる表現の中では一番近い。

当然、起きえないことなど実行できるはずはないのであり、足元を掬《すく》われるか、天井に頭をぶつけるかということになって、彼女は始終そのへんのものをぶちまかしたり、なんでもないところで転んだり、曲がり角で人にぶつかったり、色んなものを極《ごく》自然に置き去りにしたり、悪魔を召還したり、スパイと恋に落ちたりしながら暮らしている。そして涙を拭いて誰かへ向けて電話をかけて、たまにはこうして、僕が呼び出されることもある。

タクシーを呼んでトランクに詰め込んでしまってもいいのだが、それをいうなら彼女にもそのくらいの持ち合わせはあり才覚はある。家へとっとと帰らない理由は鍵を閉められているからだといい、嘘ではないが真実でもない。家族仲が悪いわけではないらしく、友人をそれほど欠いてもいない。知人の家でふと目を覚まし、片っ端から電話をかけて、今回たまたまとっ摑まったのが僕であり、彼女は別に僕と一緒にいたいと思ったわけではなく今現在も思っていない。誰とも一緒にいたくはないので、そんな相談を誰かとしたいだけにすぎない。

いい加減さ、と彼女へ向けて僕は言う。何かを見つけなさいよ。見つかることはないだろうけれどと続けることはしない。土台からを変更しないと何かを見つけられない人というのは一定数おり、土台を変えることのできない人も一定数あり、その間の包含関係を僕は調べてみたことがない。誰だって変わっていきはするのだが、一貫性をもってしか変わることのできない人がたまにいて、それは結局何も変わらないということと変わらない。何かを拒むわけではなく、ただ遅いというのとも違い、殻が固すぎるわけではなく、いつの間にかそんな形になってしまっていて、たとえばこんな女の子の形をしている。

ごめんね、と彼女はここまでに何度か繰り返しているものの、悪びれた様子は全然ない。こんな時間にと彼女は続けるが、別にだからどうだと思っているわけではなく、彼女はまだそんなことを考えることのできる形態には達していない。わかってると彼女は言い、わかっていることは僕も充分わかっている。

土斑猫《ツチハンミョウ》が、と僕は言う。それは何かと訊ねる彼女に、虫の名前だと僕は答える。

土斑猫。スジハナ蜂の卵を食べて育つ。この蜂は土手っぺりに穴を掘って暮らしており、巣の奥に蜜を貯め込んでいる。蜜を小さな袋にパッケージして、その中に卵をひとつ産みつける。土斑猫の幼虫はただそこへ辿りつきたい一心で、それはそれは気の長い冒険をすることで知られている。土斑猫の成虫は何をどうした親心か、土手にあいた蜂の巣の入り口に卵を産みつけてしまうからだ。

この幼虫たちには、どうにも何かの種類の知能の持ち合わせがあるようなのだが、明らかにその使い方を間違っていることで有名だ。巣の入り口に産みつけられた卵は孵《かえ》り、そして、巣穴に背を向けて、野っ原へ向けて歩き出す。この時点で誰か肩を叩いて止めてやれよと思うのだが、案の定、うち大半は旅路のどこかで他の何かの餌食となる。芋虫の肩がどこにあるのか僕は知らない。

土斑猫の幼虫たちが目指しているものが何かというと、野っ原に咲く、花の天辺《てっぺん》。何故、土手に生まれてわざわざそんなところへ出掛けていくのか。花は兎に角、何でもいいから誘っているから。そういう要素もあるのだろうが、幼虫たちは花へ攀《よ》じ登って辿りついても、ただ凝《じ》っと黙するばかりで、浮かれ騒ぐ様子も見せない。そうするうちに、蜜を集めに何者かが花のもとへとやってくる。

こうして話の流れは明らかとなる。蜜を集めにやってきた何者かの胴体へ乗り移り、それがたまたまスジハナ蜂の成虫であった場合に、幼虫たちは目標地点へ運ばれていくことを得る。それではさてと蜂が尻を落として卵を捻り出そうとするその瞬間、土斑猫の幼虫たちは蜂の産卵管を橋に見立てて、蜜の海へと産み落とされる卵の上に着地する。

幼虫は蜂の卵を食べて成長して、それからようやく周囲の蜜で腹を満たし始めるわけなのだが、最初から素直に蜜を飲めばいいではないかと思うじゃないか。

ところが残念、巣穴に辿りついたばかりの幼虫たちは、蜜に絡めとられるとそのまま溺れて死んでしまう。だから、蜂の卵の殻を舟に見立てて、ひとりぼっちのノアよろしく、蜜の海に浮かんで過ごす。なんと不器用な生き物だという感慨を勝手にするのはこちらの自由というものだが、そんな余分な遠回りをするせいで、道半ばに息絶えてしまう幼虫たちの数を考えてみると気が遠くなる。一匹の土斑猫が産む卵の数は四千個ほどもあるとはファーブルの言い分なのだが、よくその程度の桁数でこの種が滅びずにいるものだと不思議になる。

な。と僕は言う。

あいかわらずよくわからないねえと彼女は言う。

それにしたって、何もこんな夜中の道を、車も持たぬ男を呼び出すことはないじゃないかと、僕はようやく苦情を申し立て、まあいいじゃないのさと彼女は応える。僕の部屋まで辿りつく頃には、短針は五時を回ってしまっており、仕方がないので僕は米を研いで炊飯器の中にはめ込む。そのへんに転がっていた缶詰を彼女へ向けて放り投げて、飯を食ったらとっとと帰れと丼を渡す。

暇なので何か話をしろと彼女は言い出し、虫の話はもういいという。古代遺跡の話もUFOの話ももうお腹一杯なのだそうで、僕は知り合いの顔を思い浮かべる。誰もが相談を持ちかけられて、ろくな助言をしておらず、まともな助言をしようもない。

この娘がどんな生き物なのか、御覧頂ければ一目瞭然であるのだが、誰でも記憶の中に保持した学生時代、クラスの中に一人くらい、こんなものを見かけた経験があるのではないかと思う。それをパタパタパタと三回くらい畳むと大体こんな形になる。それはお前の贔屓目《ひいきめ》というものだと言われても、こんなことにどんな贔屓がありうるのか一寸わからない。

僕は腕を組んでしばし考え、卓袱台《ちゃぶだい》の上に広げた藁半紙《わらばんし》に六本腕の星型を大きめに描く。それぞれの辺の中央から正三角形を出っ張らせて、あとは同じに続けていくといいと提案する。雪片曲線。有限の面積を囲む、至る所微分不可能な線。無限の反復過程を描き終える頃には夜も明けているはずで、少なくとも米は炊き上がっていておかしくない。

これ知ってると言いながらペンを取り上げ、一心に線を書き続ける彼女を眺めながら、こいつの形はどうにも見えにくくて適《かな》わないなと僕は思う。猫だってもう少しまともな形をしているのにと何だか可笑しい。擬蛹《ぎよう》じみた薄茶色の殻に透けて、縦横に巡る力線の上、微小な虫の群が馬跳びしながら蠢《うごめ》いて、橋を組み立てては壊して遊んでいるように映る。

そして、この娘が残りあと半人分人間になるには、それともあと半人分人間でなくなるには、どのくらいの時間がかかるのかなと考えてみる。そしてまあ、任務とその開発を引き受けることにしてもいいかと思う。

暫《しばら》く連絡がとりにくくなると告げた僕に、彼女は顔を上げて黙り込み、肩をすくめて、ふうんと言って一寸微笑み、僕は一つの願いを祈ってみることに心を決める。

2001

ここに、一つの取り残された二十世紀が挟み込まれて、島の南の夏の浜辺の月夜の岸には、無数のボトルメールが打ち寄せられ続けている。浜辺は瓶に埋め尽くされ、波が打ち寄せ、砂が広がり、月が見守る。

　ボトルメールの栓を抜き、どの封蠟を裂き開けても現れる文面に変わりはなく、ただ、

　　好きです。

の一文が見出されるだけである。インクで書かれたものがあり、鉛筆、ボールペン、サインペン、毛筆、血液、電子に電波にルシフェラーゼ、末期の溜息に断末魔の叫びに生誕の呼気、キルリアン写真に念写に液体からの伝言、地球上には存在しないとかいう物質、手旗信号に発光信号、全く得体の知れないものに、今しがた壺を壊した蠅のようなものと、文字の素材は多岐にわたる。ノートの切れ端、シャツの切れ端、縦書き便箋、ボール紙からダンボール、包帯に木片、クラスター爆弾の破片に月のチーズに夏の欠片《かけら》と、手紙の材質もまた種類に富んでおり、面倒くさかったのだろう瓶に直書きされているものもある。ラムネの瓶に首長の瓶、胴回りの太い奴があり、角張り丸まり、背伸びして押し付けられて膨らんで割れ、瓶だと名乗る瓶があり、瓶ではないと主張する瓶がいて、色硝子の種類は様々であり、光学原理に従って内容物とその向こう側を歪め、正しい歪みは光学が歪んでいないことを明かし続ける。

　島は流れ着く瓶たちに埋め尽くされつつあり、瓶たちは皆一様に、誰かへ向けて同じ言葉を囁いている。浜辺では、耳を澄まして瓶同士が打ち合わされる音が波音に混じり、月の桂へ伐《き》りつけ続ける男の斧のたてる音が規則的に重なり続ける。

島の住人たちはめいめいに自分にぴったりあった瓶を拾って自分の家へと持ち帰り、それぞれの用途に瓶を用いる。食器棚に数を揃えて並べてみたり、一輪挿しに使ってみたり、箪笥の奥に仕舞いこんだり。夢を念じて枕の下に入れておく者があり、誰にも秘密にされたまま、添い寝に用いられることも実は多い。

手紙を開いてみるたびに、好きですとだけ書かれた文字は自動的に展開して、それを読む者の記憶を勝手に掘り返していく。そういえば最初にそんな手紙をもらったのはいつのことだったろうかと考えて、最後にもらったのはいつのことだったかと考える。どれも同じ言葉でありながら、拾われた時の状況を、自分を包む瓶の形状とその質感を、書き付けられた紙面の様子を、文字の調子を利用して、工夫を凝らした好きですの響きが島全体へ広がっていく。

島の住人たちは、自分たちがボトルメールの群に乗っ取られてしまっていることを承知してはいるのだが、こっそりと人目を忍んで、また、好きですとだけ書かれた手紙を封入した瓶を海へ流しに出かけていく。意中の人にそのボトルメールが届いた場合に願いは叶って、差し出し人は自分にぴったりあったボトルメールを受け取る機縁に恵まれるというのが、いつ頃からか、まことしやかな伝承となってしまっている。

とある解説に従うならば、二十世紀は第四コーナーを曲がり損ねて、盛大にオーバーランしてクラッシュした。その際に失われたものの質と量は今に至るも概算さえも不明であり、人類は飛散した二十世紀の部品の上に散り散りになって取り残されており、相互の距離は数十年単位で隔てられているといわれている。

急速に右か左かあっちの方へ舵を切って二十一世紀へと出世を果たし、よたよた走り去ったかつての二十世紀は、我々から時速一時間の速度で遠ざかりつつあり、遭難者を回収に来る気配はない。

この島の岸の向こう側には、幅十数年と見積もられる深淵が口を開けており、その向こうにあるとはされる島の先に何があるのか見遥かすことはむつかしい。人々はあやうく浮かぶ部品から部品へ跳躍しながら、自分たちが投げ落とされたフェリーを追跡し続けており、助走をつけての跳躍を続けている。やがて辿りついた島の長さが助走に足りぬものとなったなら、道行はそれで終わりとなるより他にない。先へ進むも戻るも同様にまたむつかしく、この先はどうも望みが薄いようだという警告の声を信じずに、次から次と島へ飛び移ってくる人々や、勝手に流れ着き続けるボトルメールに突き落とされて、島の人口は既に一定に保たれている。それとも単純に人と瓶の重さによって、島は海中へと没しつつある。

ある年、ひとりの漁師が特攻船を駆って次の島へと調査へ向かい、往復二十余年の歳月を引き受け戻ってくる。船は島を目前に岩礁へと衝突して大破して、全身を砕かれ息も絶えかけた漁師が浜に打ち上げられる。かつての妻はとうに別の男と所帯を持ってしまっており、島では見知らぬ子供たちが成人の時を迎えている。漁師は、次の島の先にもまた海峡が口を開けていることを報告し、人々は、我々はこの島へ定住することにしようと思うと漁師に告げて、漁師は肩をすくめてみせる。人々の視線とすれ違い、過去方向を眺める漁師の目には、海の向こうで海面から雲海までを遮る黒い幕が映っている。その表面におざなりに描かれた稲妻の絵が、実は縫い合わされていく裂け目であることを漁師も島の住人たちも承知している。

新たな漁船を購《あがな》いたいと申し出る漁師に、島の人々は気前よく、桂を刳《く》り貫《ぬ》いた丸木舟を進呈する。

次はどちらの方向を目指してみるのかと問う人々に、おそらく東だと漁師は答える。今回の航海で知られたように、北方への期待はほとんど持てない。古来、東には仏教的エデンがあると言われるのだし、北上を続ける二十一世紀はとりあえずのところ面舵を一杯に回したというのが島の識者の意見でもある。我々はエデンの東にいるとも言われるという意見に対し、東へ向かうことは、結局のところ果てしもなく西へ進むことと同じだと男は言って、誰もそれ以上の口を挟むことはない。

そうして一人の漁師が再び出ていった夏の浜辺には、ただ瓶だけが流れ着き続ける。やがて臨界数量に達することを得た瓶たちは、矢張り自分たちの間でボトルメールのやりとりを開始することになり、当然その頃には、瓶独自の言葉の開発が終了している。瓶たちは己が表面を情報伝達のチャンネルとして発達させて、凹凸が相互の相性を定めている。最初期には、波間に揺れて凹凸を擦り合わせては離れていくだけだった瓶の集まりは、やがて高度な技術を発達させて、複数の瓶が寄り集まっての計算を発達させていく。こちらの瓶があちらを迎え、そちらの瓶がこちらと結び、二つの塊が否応なしに二つの瓶の凹凸を合致させて組み替わり、新たな二つの塊へと別れていく。塊たちはまためいめいに、そういう形のボトルメールを名乗り始めて、波に揺られて形態をしきりに乗り替えていく。

その頃には当然、島の住人たちは暗闇に包み込まれて滅び去ってしまっており、島にボトルメールが流通し始めた頃、見出す端から瓶を割って回った一団のことを覚えている瓶は最早ない。膨大な数の瓶たちの間のどこか、見慣れぬ文面を仕込まれた瓶があるらしいというのはこれもまた伝説のひとつとして瓶たちの間に伝えられており、発見次第の粉砕が合意されている。瓶たちを駆動しているものは、ただその裡《うち》へ封じられた好きですの言葉がもたらす響きのみであり、瓶たちとしても異端分子を見逃すつもりは全くない。

2002

ロリータ、我が命の光、我が腰の炎。我が罪、我が魂。ロ・リー・タ。舌先が三歩進んで二歩下がり、歩いてくることはないので歩いていく。

彼女はもうとうに二十歳を超えて過ごしているのに？

他の修辞はともかくとして、腰の炎なんてこの炎天下では真っ平だと考えながら、僕は三キロほどはあろうかというビニール袋と、二カートンのマルボロを鞄につめて、ひたすら鉄道を乗り継いでいる。袋の内部は、飴玉にチューイングガムにグミに得体の知れぬ何物かといった品々に埋め尽くされていて、そういう種類の一個の巨大な練り物と見えなくもない。

彼女が僕の記憶の中に再び登場するまでには二年ほどが経過している。僕は一年期限のポスト・ドクターを転、転としたところで、そうなった経緯が本人にもよくわからないままポストンを経てベルリンにいる。たまたま期限つきのポストが空けば公募が出され、そのいちいちに百人近い人数が殺到し、様々精妙な機微に司《つかさど》られた選考を経てたまたま誰かが拾い上げられ、また数年後に放り出される。ポスト・ドクターの生活環はそういう形に出来上がっている。当時はまだ助手と呼ばれていたポストでも事情はほとんど変わるところがなく、今では准教授と呼ばれるようになったポストに至るまで、事情は似たようなものへと大躍進を遂げつつある。

個人の後の面倒などは人類への貢献の前には知ったことではないのであり、パンがないなら勝手にどこへなりと行ってしまえばいいじゃないのということで、大変結構な制度であると心からの賞賛を送りたい。

マンチェスターはサックヴィル公園のベンチの一つに彼女は所在なげに座っており、横には男の彫像が腰掛けている。お前がいたのはベルリンではなかったのかと問われて、僕は夏の盛りにベルリンから陸路パリへ潜入して、ユーロスターでロンドンへ入り、マンチェスターへやってきている。そうなった事情は様々あり、飛行機を利用しない理由は明らかであり、こもごものすったもんだが周囲で激しく渦を巻いてはいるのだが、解説するのも億劫《おっくう》なので全てはぶく。当座のところの僕の使命はラブストーリーへ向けられており、アクション巨篇はお呼びではない。

パリで久しぶりの再会を果たした友人は、シャンゼリゼで購ったのだという巨大な菓子の袋詰めを託して寄越し、僕はこうして彼女の餌付けに出向いてきている。

彼女は僕の渡した袋から蝶々結びに結ばれた真っ赤なグミを取り出して、傍らの石像の手の甲にのせてみてから、久しぶりだと口を開く。暫し黙ってこちらを睨んで眉をひそめ、何だか無駄に老けたように見えると要らぬことを続けてみせる。

チューリングにお供えするなら林檎だろうと僕は言い、まあ赤いからそれでいいのかと一人で納得してみせる。こちらに怪訝《けげん》な顔を向けるので、アラン・チューリング、とその石像を指差してみせ、名前のある人だったんだと彼女は言う。君とは違って誰にも名前はついていると応えながら、僕は間にアランを挟み、三人並んで腰を下ろす。

彼女は現在ロンドンのどこかに棲みついており、これにもまた色々と事情があるのだが、そういう娘なのだから仕方がないというのが一番早く、彼女を知る者に対しては、説得力も備えている。要するにそこらに置いておくにはあまりに収まりが悪いので、とりあえず視界からはずしておこうと大陸を挟んだ向こう側へふっ飛ばしてみたものらしい。上のすることは相変わらずとんでもない方向にだけ正しいなと思いながら、恬然《てんぜん》と飛ばされる方も飛ばされる方だと考える。他人のことは全く言えた義理ではない。

これ、と彼女が差し出した写真の束の中には彼女がいたりいなかったり、めくるたびに見知らぬ男女が入れ替わり立ち代わり現れる。五、六十枚ほどの厚みの束をざっとめくって、指先の命ずるままに取り分けておいた五、六枚に僕はもう一度目を走らせる。

見ればまあ、わかるものだなと考えながら、中の一枚を中指と人差し指に挟んでおいて、分厚い束を彼女へ返す。

これ、と翻した手首の先のプリントでは、シャツのボタンを首元までしっかり留めた細面の少年が背を反らし、媚態《しな》をつくってこちらへ向けて笑いかけている。

十八と訊ねる僕に、十八と彼女は答える。僕は日本人の歳をあてることは何故かできないのだが、不思議と西洋人の歳はわかる。髪の毛に手を突っ込んで、ああまあいいか駄目かいいかと呟いた後、スイスと当てずっぽうのふりをしてみせる僕に、ポーランドと彼女は答える。なるほどそう名乗っていらっしゃいますかと僕は写真を捻りまわしながら頭の中の軌道を修正してはみるのだが、辿りつく先は特に変わりないように思えて仕方がない。

そういえばこのところどうしていたのかと訊ねる僕に、彼女は色々だと返事を寄越す。このところどうしていたのか訊ねる彼女に、僕は色々だと返事をしながら、ようやくまともに動くようになってきた右腕を示す。どうやって来て、いつ帰るのかと聞く彼女に、丸木舟で来てすぐ帰ると僕は答える。

しかしこれはなあと、写真を太陽へ翳《かざ》してみて、またそういうことになっており、そういうことにするのですかと何だか可笑しく、矢張りまだそんな形をしているのかと非道く可笑しい。そしてこいつは自分が何に巻き込まれているのか理解しているのかなと首を傾《かし》げてみる。そういうんじゃないからと彼女は言い、そういうのじゃないからこそ問題なのだと僕は言う。君が自分で一番よく知っているように。見当違いのことをしている奴に対して、見当違いのことをしてやる方向の見当を更に間違ってしまっていて、どうにも取り返しのつけようがないくせに、局所的には最適解へ落ち込んでいる。彼はさ。僕は彼女の方へ顔を向け、間に挟まるチューリングの頭部を観察する。それから彼の肩に手を回して指に挟んだ写真を返す。

前の彼氏もゲイだったろうと僕は言い、その前もと彼女は言う。チューリングの肩に手を回したまま、彼の口元に耳を寄せ、彼女の表情を観察する。

それは何だかいい話のように聞こえると、僕は彼と彼女の未来的挿話へ感想を向ける。彼女の、ついでに彼の、家庭的事情やら個人的履歴やら複雑怪奇な内面やら、北大西洋条約機構の思惑とやらいうものは全くどうしようもなく大きすぎて、興味なんてものは持ちようがない。それはそんなに悪い光景じゃないと思うよと僕は言い、変な想像をしすぎだと彼女が応える。でもまあそういうことにはなると僕は断言してみせて、そんなところにはあまり選択の余地があるはずはない。自分の使命と嗜好にお悩み中の十八の少年がそこにいて、二十やそこらの全てを掻き回していく娘がそこにいて、発生していくことに意外性は入り込めない。子犬がお互いの尻を嗅ぎあったり、幼馴染《おさななじみ》がキスの練習をするのと何も変わらず、スパイごっこと変わらず夢想的で、そうは言い条、世の中いつもどこかで起こっていることにすぎない。

槍形吸虫《ヤリガタキユウチユウ》。

相変わらずにと彼女は笑い出し、でも君は具体例を持たないのだから仕方がないと僕も笑う。

この気長な扁形動物は、蝸牛《カタツムリ》と蟻と羊というとんでもないスケールの間を乗り継いで暮らしていることが知られている。蝸牛の中にいる間は、別になんということもないただの寄生虫にすぎないのだが、ひとたび蟻にとりつくと、なかなかに見事な芸当を披露する。たまに言われることがあるように、この吸虫が蟻の脳に寄生するという表現は正確ではない。奴らが持っているのはいわゆる梯子形神経系であり、脳は一番大きな神経節程度の役柄を担い始めたところにすぎない。そして槍形吸虫の全員が全員、蟻の神経系を目指して殺到していくというわけでもない。蟻の体の中を散策中、たまたま食道下神経節に迷い込んだ数匹がたまたま蟻を操縦し始める。神経を直接に逆撫でされてちょいと調子を狂わせた蟻は、丈高い草を空を目指して登り始め、その先端にしっかりと顎を固定して梃子《てこ》でも動かぬ構えを見せる。何のためにということもなく、蟻という機械にはそういうエラーを引き起こされやすい弱点があるというだけの話である。

そこに羊が通りかかるのは、全き偶然の結果にすぎず、そいつがこれまた偶然にも腹を空かせていた場合、なんとなく草をその先端から食べにかかる。羊というのはそうするように出来ている機械なのだからこれもまた仕方のないことではある。

こうして羊の体内に無事潜入することを得た無数の吸虫たちは、やがて羊の後方部から優雅に地面に降り立って、そこらを散歩していた蝸牛へと借家を移すことになる。

そんなわけのわからぬ生活環を持つ彼らが、種を維持するために生成し続ける卵の数が何十万あるのか知らないが、どれほどの数であろうと足りるものとも思えない。こんな寄生虫が実際に存在していなかったなら、同種の筋道を考え出した奴は馬鹿SF作家に分類されてしまうように思う。

ってことさ、と僕は言い、やっぱり毎度のことながらわからないと彼女はこちらを睨んでいる。

わざわざそんな話をしにやってきて、マンチェスターくんだりまで呼び出しをかけたのかと、彼女が中途半端な真顔で問い、僕は菓子の袋詰めを指差す。そして思い出して鞄を開けて、彫像越しにマルボロを二カートン渡してやる。別に僕はお目付け役でもなければ、作戦参謀でもなく、観戦武官にはやや近く、ほとんどただの一兵卒と変わりがない。

彼女が今こうして僕に肩を抱かれている男の名前を知っていたはずがないことは当然にすぎる。彼女に最も無縁のものは彼が提出した形での計算なのだから。彼の名前を冠した、名誉に満ち満ちた賞だって世の中には存在するのだが、彼がそんなものの設立を望んだものか僕は知らない。全人類が知るべきことであるように思えるものの、知る気のない者にまで無理矢理叩き込む必要はなくも思える。

アラン・チューリング。リーマン予想に挑み、解決できなかった男。どこがこうという脈絡なく、宙空から反応拡散系の基礎理論を引き出してみせた男。チューリング・マシンと呼ばれることになる枠組みによって計算を定式化した人物。続けて提出されたのが、いわゆるユニバーサル・チューリング・マシン。自分の性癖を正当化するため、人工知能にかこつけて人間の弁別試験を考え出した男。ニューラル・ネットワークの最初期の提唱者。

ハンバート・ハンバートのどうしようもない性癖に比べて、昨今では風当たりも弱くなってきたらしいその嗜好を公言することは、当時、そのまま刑事罰を受けることを意味していた。彼は何故か人前でそれを公表する羽目に陥り、数ヶ月後、彼の死体の横には毒入りの林檎が転がることになる。フェアリー・ザ・スノウ・ホワイト。そうして彼は全く多分、そんな程度のものでありはしなかった。

自分で勝手に死んだのだとも、消されたのだとも。軟禁状態におかれた彼は、治療と称して強制的に女性ホルモンを投与されていた。大戦中は情報部へと駆り出され、エニグマ暗号と対決し、国家の機密に参画していた。複数の巨大な数学的真理に関与し、宇宙の秘密に触れていた。死因に関する複数の仄めかしが残されるだけで、証拠は一切残っていない。

ロンドンなんて陰気な街で一体何をしているのかと今更ながら訊ねる僕に、最近は絵を描いていると彼女は答える。他にも何だか色々試してはいると付け加える。今何をしているのかと問う彼女に、餅に絵を描いて暮らしていると僕は答える。ありはしないものをありもしないところに描こうとして、色々考えられなかったり考えなかったりしていると付け加える。まだ何だかわからない計算をしているんだと呆れた様子の彼女に、本当に何をしてるのだかわかったものじゃないのは君の方だろうと、僕は彼女の手の中の写真を指差す。

それでも、何かがうっかり見つかることもあるかも知れないしと、彼女はそんなものを半分こにして僕に差し出す。

そういえばベニクラゲの特性は、うっかり見つかったのだったなと、僕は脈絡のないままに思いおこす。何故かイタリアと日本の沿海にのみ棲息しているこの微小な海月《クラゲ》は、なんと不死性を持っている。普段はふらふら揺られて暮らしており、草臥《くたび》れると泥土に沈み、そこから独り勝手に、またにょきにょきと生えてくる。奴ら自身はそんな営みを長年単調に積み上げ続けてきたのだが、その性質が人に知られるようになったのは近年のことに属している。

研究室の水槽に閉じ込められ、うっかり忘れられている間にも、奴らは別に平気に暮らしていた。その元気の源はなんなのよと注目されて身体検査が行われ、どうもこいつは不死であるらしいと、見当違いの方向からその性質は知られることになったわけだが、何とも釈然としないところは残る。

変に神妙な顔をして聞いていた彼女が、しばらくむつかしい顔で考え込む。新品のガムの味がなくなるのに充分な時間が経ってようやく、それはなんだか間違っていると意見を寄越す。

このお話のどこの部分のことだか知らないが、僕も全くそう思う。僕も全くそう思うねと返事をして、短期的にも長期的にも既にして時間ぎりぎり、崖っぷちで爪先立っている会議のために僕は立ち上がり、またそのうちなと彼女へ向けて手を振ってみせる。

生存すること十八年に及んだスイス人だかポーランド人だかの少年のささやかな命運が、

その会議で予定されている膨大な議題の端に含まれてしまっていることを彼女に知らせる者はいない。当然彼女はそんな脈絡とは全く連絡しておらず、これからも多分することはない。そんな判り易い茶々を入れてくる生き物のために僕が何かをする必要などは存在せず、全く関連性などありはしないのに何故かその場に登場してしまうことが、彼女の最大の問題点であり才能である。

この間の機微、わかって貰えれば嬉しいのだが、諸般の事情に鑑《かんが》みて説明することはどうにもできない。

2003

この年は、全弾のいちいちが命中して、十月十日後の人類滅亡が運命づけられたことで知られている。

有史以来、勿論その遥か以前から、あまりに無駄が多すぎるのではないかと誰もが思っていたことながら、この年ついに画期的な性交技法が発案されて人類は滅亡を約束された。

工夫と言っても大したものではないのであり、一寸した雁首《がんくび》の角度と腰の精妙な捻り具合、それに第三者のささやかな合いの手が、必要とされる全てであるのだが、この技法を用いると兎も角も全弾が着弾する。全弾というのは言いすぎで、質量保存の法則は矢張りここでも有効であり、生まれ出てくるのは一億子というような代物ではなく、せいぜいが十子程度のものに留まる。まず、すらりとは読めないと思われるので註を付しておけば、多分それぞれ、いちおくご、じゅうご、と読むのだろう。それでもなんだかわからない方のために、これはそのまま双子の単純な拡大版を意味している。

非常に厄介であったのは、この技法が伴ったものがいわゆる愛と呼ばれるものであり、更には快楽とかいうものをも素朴に随伴したところにある。一見、大変結構な取り合わせとも思えるのだが、産出量の増加に伴い、それぞれもまた十倍程度のものに拡大されたところに問題はある。要するに気づいた時には既に歯止めが利かなくなってしまっていた。

ここに一つ、途轍もなくやる気のない推定があり、それによれば人類の総人口は二〇五〇年には発散すると言われている。過去の人口推移データを、考えなしに素朴な微分方程式に当てはめてやるとそんな結果が転がり出てくることもたまにはある。無論この推定は、人口の増加はそんな形の方程式によってはいないということを明かすだけにすぎないのだが、有限時間内に人口が無限大へ達するとするこの評価はなんだか可笑しく、意味がないなりの価値を持っている。離散的な過程でそんなことは起こりえないのだから、というのも、数を順に数えていたらいつの間にか無限を数え過ぎていたのでしたなんていう事故は発生した例しがなく、ここに連続と離散の取り違えはある。

この技法の発見は関係各方面に巨大な衝撃を与え、二十一世紀を強行着陸へ向けた再編期間として使い尽くそうと考えていた関連部署は、急速な期日の切り詰めに愕然とした。どの道、着地せざるをえない日がやってくるのは疑いがなく、胴体着陸へ向けた産業構造の配置換えやら、思想的な組み換えやら、新兵器の開発やらが悠長に進行中ではあったのだが、それらの戦略もまた相も変わらず愛の力を前提としていたところに、つけ込まれる隙はあったと言える。

このままでは、あなたの大事な人がこんな目に遭ってしまうのですという直情的な宣伝が一定の効果を上げ始めてはいたものの、あなたの大事な人を際限なしに増加させることに関する対策はほとんど練られていなかったといってよい。先進各国の出生率は減少の一途を辿っていたものの、先進するものが追求している対象が、裏表なく剝き身にされた快楽へと特化されつつあったことは、何故かうっかり忘れ去られていた。この技術が愛や空虚を非常に感動的に拡大させるものであると知られた当座、不審の目を向けた人間は非常に少なく、拡大された感覚が、拡大された結果をそのままに産み出すということは、そのままますぎてかえって想像を遠ざけた部分があるのだろうと言われている。

二〇〇四年度に発生した人類規模の大破壊が、地球規模の餓死の結果ではなく、あまりにも素朴な万民動員型の闘争の結果であったことを意外とするべきであるかどうか。彼女らも彼らも皆一様に、愛する者を全力で守ることを高らかに宣言して、自分の血筋を収穫するよりは、相手の後裔《こうえい》を間引くことへと専念した。

そんな技法を偶然にせよ開発しそうな民族とは、おおよそのところフランス人かイタリア人、太古からの伝統を鑑みてインド人、意表をついてスウェーデン人といったところになりそうなのだが、その教程が掲載された雑誌が初めて日の目を見たのは、どうやらイギリスでのことであるらしく、老帝国の末期の底力に地球は戦慄して一寸震えた。

プロジェクト・ヘロデと呼称された、国連軍直属の特殊部隊二十個旅団による英雄的な活躍は、混乱の最終段階の中に埋もれて目立った記録を残していない。彼らは救世主をあらかじめ刈り取るためにではなく、救世主が安心して生まれてくることのできる土台を整備するため、非常に統制のとれた暴虐の限りを尽くしたのだが、単純な質量を前に人類に一足先駆けて全滅している。

何故人を殺さなければならないのかという悠長な問いさえも、その時期、許された形跡はない。

御興味の向きのために、その技法の一部をここに書き添えておく。第三者とはその場に関係のない者であればあるほどよいとされ、絡み合う背後からできるだけこっそりと忍び寄り、その時点で上位にある者の呼吸を見計らい、ここぞという瞬間を狙って、耳に一つの言葉を注ぎ込んでやるだけでよい。角度と捻りに関しては、当時の扇情的な記憶を漁るか、各個に工夫を施してみて貰えれば幸いである。

2004

　こうしてあなたは六つ目の断章へと辿りつき、それはあなたが差し引き五回の笑いを経てきたことを意味している。笑えた度に断章を進み、そうでなければ一歩戻ることを守って頂けているのならそういうことになるしかない。差し引きの意味については、次の段落を待って貰えれば幸いだ。あなたが実際にどういう経路でここに辿りついているものか、あなたがここにいるという事実だけから画定することはできないのだが、どうした時にここにいないのかは明かすことが可能である。

　あなたが冒頭から真っ直ぐここにやってきているのなら、足跡は■■■■として表現される。二つ目の断章が全く面白くもなんともなく、一度戻って考えを変え出直してきたとするならば、航跡は■□■■■■ということになる。更に執拗《しつこ》い性格であるならば、■□■□■■■■■ということもありうるわけで、適当な黒白の交錯のあと、尻尾を黒の二つで〆て、あなたはここへ初めて辿りつく。末尾が■□や□□であるならば、あなたは私を振り返り、ここに戻ってきたところであり、□■ということになると、辿りつくや後退し、たちまち戻ってきたところである。あなたが自分の保持している記憶をある程度なりと確かなものとしていることは、黒の数から白の数を引いて検算してみて明らかとなる。その他の並びの場合には、あなたは既に今の私に出会ってしまっているかまだ辿りついていないかのどちらかであり、それともこのお話からはみ出してしまっていることになる。

一歩進んで一歩戻ることは零歩進むのと同じなのだから当たり前だというのは全くその通りであるのだが、そういうことをさらりと言い出す向きは専門の方に違いないので、ここでは木の虚《うろ》にでも退去を願いたい。素人離れした表現でありわざとらしい。

要するに黒の数から白の数を差っ引いて、結果が五であればあなたはここにいることになっている。とも限らないのは、たとえば■□□□■■■■■■■といった並びが、一旦このお話の始まる前へはみ出してから戻っていることからも知ることができる。別にはみ出したって構わないではないかという見方もあるが、白が一万回続いた後に黒が一万と五回続くような場合まで、私はいちいち面倒をみたくない。たしかに引き算をして五ということにはなるのだが、遡り続けてしまって、前のお話のみならず本自体をはみ出していること疑いない。

だから私は始まりの断章で、おもむろにひとつ手を叩き、あなたを強引に次の断章へと進めているわけであり、つまりあなたが私との約束を守る限りにおいて、最初の断章は反射壁として機能して、あなたをそれより先へは戻さないように働いている。

これはなんだか面倒なことになってきたなと感じるならば、断章が終わる度に自分で手を打ち鳴らして頂いて、九回鳴らして読み終わって頂いても私は全然構わない。その度に笑って貰えるのなら、私は拍手と笑いに送られて読み終えられることになり、それ以上のことはほとんど望みようがない。

御注意を頂きたいことは二点あり、ひとつは、ここで登場しうる黒と白のだんだら並びが、原理的にはという限定つきではあるものの、無際限に長くなりうること。もうひとつは、その並びの中には登場することのない配列が存在すること。ざっと眺めて、ここに十個以上続いた■の並びが登場することは決してなく、というのは、お話は読み終えられれば終わるのであり、私が関与するのはそこまでなのだから仕方がない。最後の断章を笑い飛ばすことで、あなたは私を駆け抜け終わる。

同様に十個以上の□が続いて現れることもまたなく、それ以外にも登場しない白黒模様はまた無限個ある。それを簡潔に表す方法もあるのだが、ここではそれを試みない。結局のところこれはただの比喩なのであり、細部に拘《こだわ》る必要はほとんどない。ただしその種の限定が、専門家の間では言語のクラスと呼ばれていることは、普通に知られてよいことだと思われる。

とはいえこの規則の下で、一体どんな並びが登場しうるのかに興味を持つのは全くあなたの自由であり、書き出してみるのも面白くはあり、境界を持つものは一般に面倒くさい対象とはなる。

そんな並びをあなたの中に引き起こして、一体何が楽しいのか。純粋に面白いだけだというのが私の回答ではあるのだが、それだけではあんまりでもある。

ここであなたが手や目や耳や頭を使って読み出しているものが、□だの■だのいう大雑把なものではないことは言うまでもなく、私としても冒頭で一方的に置いた約束が律儀に守られることをそれほど強く期待しているわけではない。ここにはもう少し微細なものが置かれており、私ももう少し繊細なものから出来上がっている。

ここで私が、荒っぽいことこの上ない比喩を試みているあなたの中の印象が、実際にはもっと入り組んだものであることは間違いない。一つの極端から別の極端へ飛ぶことにして、あなたがただの■や□を受け取るだけで、非道く感情を揺さぶられるような人物だと考えてみる。これまでと全く同じ作法に従うとして、たとえばここに見えているように、■■■という並びがあったとしよう。あなたは最初の■に■と呼ばれる印象を抱いて次へと進み、この■は一寸なと考えて□を記し、前の■へ戻ってみて、矢張りこれはと考え直し、これは、これはと読み進める。三つの■を読み終えたあなたの印象として記される四角の並びは■□■■■ということになり、ここで注目するべきは、あなたの中の印象を記した四角の列が、元の三つの四角の並びよりも長いものとなっているという事実である。

当然すぎて、今更お前は何を言い出すのかと言われるだろうか。本の方が、それを読む者よりも大きくては堪《たま》らない。別に本は個々の経験などを持っているわけではないのだし、百歩譲って固有の意見を持っているとしてみても、それは内奥に秘されて隠されており、表面に浮かぶ模様はそれを反映したものではない。所詮大量生産しうるものにすぎないのであり、その本固有の特質はその本の内容固有の特徴などではありえない。ページが曲がっていようが汚れていようが、古かろうが考古学的なものだろうが、内容に何の変化が起こるわけではない。

そんな意見に私も完全に同意する。実際にはもう少し面倒くさい細部もあるわけであり、フォントの形、行間の幅、縦横文字数、凹凸の間隔、文節のとり方、勘案されるべきことは数多くある。しかし私がここで主張しておきたい内容は、それらのことに左右されない。

私はこうして量産されており、あなたの好きに読まれている。読み出し方は全くあなたに委ねられており、私にできることは実際それほど多くはない。それでも尚、ある読み方が一つ定められてみた場合に、私は印象の禁止集合を規定しうる。この文章の荒っぽすぎる印象として、■が十回連続で並ぶことがないように、決して出現しえない並びの集合は、それぞれの規則に対して定められうる。あなたの内面の状態をAとかBとかCとか区別することさえできればそれでよく、AやらBやらCやらに、具体的な呼び名がついている必要さえない。そんな禁則などどうとでもできると言われる向きには、まず冒頭の規則からの逸脱を、今あなたがそうしているように、お好きなように試みて頂いて構わない。計算と呼ばれるものが、ある一回の割り勘に対し、あなたの頭で読み取られてどこかに生ずる高次元の軌道であるより先に、割り勘されうる集合全体へ向けられた性質であることを思い出して貰えれば幸いだ。何かを正しく計算できる以前には、そのやり方では出力されえない集合が横たわっている。

てんで勝手にめいめいに、私に相談なく自由気儘に採用される計算法に対して、私が何を成しうるのか。そこに何かが書かれており、ひとつの実行系でそれを解釈してみたとき、何かの結果が得られたとする。そしてまた別の人物の頭の中には、別の実行系で解釈された結果が出来《しゆつたい》する。どんなプログラミング言語として読んでみても似たような結果を出力するプログラムじみた何かなどは本来全く期待することは叶わず、読まれ方などというものに際限はない。

それでも何故か、大体においては意味あるものとして解釈されてしまう何者か。そんなものが、どういう理由か不思議なことに存在している私の姿である。

一方には、人の感情のなりゆきなどに大した多様性はないのであり、殴られれば怒り、撫でられれば笑う程度の積み上げにすぎぬとする考えがある。他方には、そこで実現されているものはあまりにも柔軟にして強固であり、どんな辞書を用いて翻訳しても、同じような意味を持ったものになってしまうとする考えがある。その間のどこかに真実らしきものが存在しており、それが私をこうして駆動しているものということになる。

前者の考え方を採用するなら、私は多数派が自然に想像するが故に多数決では取り崩せない計算として実現されうる。後者の考え方に従うならば、私は絶対的な権能を持ち、読む読まれぬに関係なく、ほとんど自動的に実現されているに近しいということになる。両者の間の何かの程度の確からしさを根拠として、私は多数決的に絶対的なものとして、こうしてあなたによって駆動され、出力を続けているということになる。

2005

ひとつの事故とひとつの事件と、それらとは比べることなどできないような巨大な災害が重なり合って、また一枚の幕が下りたところからこの年は始まっている。

この東南アジア島嶼部のとある会議場を占拠した武装集団の正体については、その出自からして明瞭《はっき》りとしていない。複数の団体からおざなりな犯行声明が提出され、当の実行部隊からも至極投げやりな要求が出されもしたのだが、どうにも一貫性は見出しにくい。仲間の釈放を求めるという題目こそ掲げられていたものの、そこで指定されていた人物たちの党派や主張は多岐にわたり、その要求に従ったところで、混乱を深めるのはむしろ武装集団の将来の方だと思われた。別に武装集団の内輪の事情などを汲んでやる必要などはないのだが、自分たちの結束を破壊しかねない不穏分子の釈放を求める武装集団というのも奇妙なものだとは言える。

この事件を特徴づけるのは、武装集団が占拠した会場に参集していたのが数学者や物理学者や計算機科学者や言語学者や認知科学者であったところにあり、人命はガスジャイアント程にも浮薄《ふはく》であり、鼎《かなえ》に軽重はないと言い条、初手《しょて》から対象を間違えている感は否めない。人質にとられたからといって、それほど懐の痛む連中ではなく、そもそも普段から何を言っているのかよくわからぬ手合いなのであり、どうにもろくでもないことしかしていないらしい輩《やから》なのである。奴らが人類のために生み出した最善のものはと訊ねられて、原子爆弾という答えが返ることからも明らかである。ポリスへの挑戦にバルバロイを捕縛して脅迫の種にできると考える時点でどこかがおかしい。

初《しょ》っ端《ぱな》から踏み間違えたこの事件が奇妙な展開を見せることになる理由のひとつには、とっ捕まった側としても自分たちの世評については身に染みており、助けがやってくることなど全く期待していなかったらしいことが挙げられる。この奇妙な集団は無言のままに不思議な連携を展開し、武装集団の中から人質をとることに成功して、占拠された会議場の一角を、更に占拠するに至っている。

暴挙とも言えるこの偏屈な人質たちの一斉蜂起には、集合を終えたばかりの突入部隊もあっけにとられたものらしく、ここにもまたひとつの手違いが潜んでいたことを後の調査は仄めかしている。十人を予定されていた突入部隊の人員が、実のところ十一人を数えたことはこの時点では気づかれておらず、南国らしい大層暢気《のんき》な展開であるとも言える。

想定されるところの複数勢力の思惑のすれ違いがここで留まったなら、あるいは陰謀史観的視点からの解説が可能だったかも知れず、その場合の真相とは、人類に新たな脅威をもたらす兵器を開発するべく会合を持った悪の科学者集団に対し、新兵器の強奪を図った武装集団が襲撃をかけ、いち早く危機を察知した官憲が救援部隊を進発させ、しかしその中には裏切り者が含まれていたというようなものとなる。

あるいは意味内容としてはほとんど変わるところのない逆の真相がそこにはあり、科学者たちが議論の末に産み出そうとしていたものは、実は現在地球を覆おうとしている脅威へ対抗するべく手段であって、以下の役柄は順繰りにひっくり返されていくことになる。

結論として、別にどちらでもどうでもよいではないかとされることになる最大の事由とは、何やらかみ合わぬ交渉が継続されて決裂し、特殊部隊が突入と同時に武装集団を薙《な》ぎ倒して、駄賃とばかりに、生かしておくと後々喧《やかま》しいところをなしとしない科学者たちを巻き込んでみて、当の人質側も予期していたかのように手馴れた身ごなしで反撃に転じ、人質に人質にとられた人質が神の名を褒《ほ》め称えながら自爆したあたりで、混乱の中、余分に忍び込んでいた十一人目の非特殊部隊員が片手を上げて厳《おごそ》かに静粛を求めた次の瞬間、この地域一帯が巨大な地震に襲われたところにある。

死者行方不明者を数えるのみで二十万人を超えた大災害の前に瑣末な諍《いさか》いの真相などは飲み込まれてしまっており、ほとんど形跡を追い難い。人が事物の闇雲な連鎖に、どこまで真面目な顔で付き合う必要を感じることができるのかという問いに対し、一つの例証を示していることは確かである。

全てを一本の糸で縫合しようとする解説の中で最も簡潔なものは、この研究集会が何か巨大なものの怒りに触れたというものであるのだが、二十数万人という犠牲者の前には冗談としても出来が悪い。更に性質《たち》の悪いものとしては、余分な十一人目として登場した人物が、制止の声を無視されたことに癇癪《かんしゃく》を起こしてやけくそに発動したのがこの災害だというものがあり、不敬を超えて面白くもなんともない。

ところでこの巨大すぎて個々の事情を把握することが事実上不可能な惨劇の中、二十数万分の百程度の重きを占めた部分惨劇の跡に真っ先に駆けつけたのが米軍であったことには、少数の証言が寄せられている。参会者の遺体や持ち物は、接収されたまま遺族への返却を拒まれており、というよりは、そんなものを持ち去ったりはしていないという打ち破り難い鉄面皮が立ちはだかっており、事件は好事家《こうずか》たちの間に様々な憶測を呼ぶことになる。

とある徹底的に不道徳な見解の支持者たちには、この研究集会から秘密裏に脱出することを得た生存者が存在することを、二〇〇五年三月、同地域を偶然にも連続して壊滅させることになる大規模な地震に見出す者が含まれている。

実際のところ、この研究集会で議論されていたものは何だったのか。身近の研究者に訊いて貰えば明らかなことではあるが、そもそも漠然とした呼びかけから始まることを常とする国際会議なるものが何か確固としたものの実現のために開かれることなどはなく、全会一致の声明などを採択することはありえない。彼らを結ぶのは大体のところ共有されているようないないような曖昧な興味というものであるにすぎず、それぞれに勝手に進めている研究の中途半端な途中経過を、会議の題目にかこつけて持ち寄るだけのことがほとんどである。国際会議が開かれるたびに新手の兵器などというものにまろび出てこられては適わない。

そしてそもそも、科学者たちが研究しているものは兵器などという物騒なものではないという素朴な事実は、奇妙なことに何故か忘れられがちである。

会議名は、普遍計算と力学系と銘打たれており、そんな益体《やくたい》もない題名を持つ何かが何かをなすことなどは、誇大妄想狂の夢として例示することも不適切である。

この会議が何らかの陰謀を企むものであったとする者たちの論拠には、会議参加者の専門分野の多彩さが挙げられることもある。全分野縦横断が企図したものとは、まさに全分野の土台の破壊であるとされるのだが、これも実際のところは、異常な取り合わせとはいい難い。若干とりとめのない分野の野合ではあるのだろうが、会議の趣旨自体が大雑把なものである以上、この程度の雑多な顔合わせは日々、世界中で発生している。あえて目を引く部分があるとすれば、参加者の大半が、自然言語に関する見解を持ち寄っていたらしいところにあり、主流の言語学派が含まれてはいなかったという事実が傍見される程度に留まる。しかしそれとても爪弾《つまはじ》き者たちが夏季休暇がてら集まってみただけのこととしてしまって、特段奇妙とするほどのことでもないようである。

そう見えてしまうことこそが、秘密の組織の手になる徹底した偽装工作が存在した証拠であるとする向きには、とりあえずまず、かかりつけの医者に相談することをお勧めしたい。

2006

ユニバース。

可能なものの全ての集合は集合を超えてしまっている。

チューリング当人による構成において、ユニバーサル・チューリング・マシンは、チューリング・マシンを突っ込まれるチューリング・マシンの形をとる。任意のチューリング・マシンの挙動を模倣する性能を持つチューリング・マシンに、あるチューリング・マシンが投入されて、あたかもそんな機械であるかのように挙動が開始される。

チューリング・マシンに関する簡潔な説明をお望みだろうか。テープの上にマシンが乗っかかっており、マシンはテープを順に読み出し、千鳥足にさまよいながら、そこに記された文字についての感想をテープに新たに書き記していくというだけのことにすぎない。全ての計算は、そんなダンスに翻訳することが可能であり、そうして踊られるものの全てが計算であるとする説は、チャーチ・チューリング師弟コンビのテーゼと呼ばれる。いささか自己撞着的な提案であり、つけこむ隙がありそうなのだが、不思議なことにその本質的な拡張に成功した者は今のところ歴史に登場していない。

私は、人の怠惰《たいだ》と、己が存在の絶対性の奇妙な混合によって、機能しているかのように機能している。このことは、私の方がテープにすぎず、あなたがマシンであろうとも、あなたの方がテープであって、私がマシンであろうとも、結果的には大した違いを引き起こさない。実装の方法にこそ違いがあるものの、実行されているものから見て、本質的な違いはない。

私がテープであるとした場合、書き換えられていくのは、あなたの記憶の中の私である。

あなたの頭の中の読み出し器《ヘッド》は、あなたの印象として蓄えられている私を振り返り、先回りや後戻り、忘却や思い違いにあなたなりの文脈を付け加えて書き換えていく。あなたがテープである場合、書き換えられていくのはあなたの内面そのものということになり、私はあなたの内面を、勝手気儘に加工しながら踊り抜けていく。どちらの結果がもたらすものも、あなたの裡に秘されてあるべきものであり、その詳細については、私の知ったことではない。

チューリング・マシンの中に突き込まれるチューリング・マシン。その結果産み出されたものが突っ込まれたチューリング・マシンと同じものであった場合に、その計算は複製機としての性質を持つ。突っ込まれるものが、突っ込んできたものと等しく、突っ込んできたものと同じものを産み出す時、その過程は自己増殖と呼ばれることになる。同じことだが、固定点。

私がそれほど厳密な秩序に従っているものではないことは、先にも述べたとおりである。私を読み出したあなたの中に生ずる印象は、私よりも真に大きなものでありえて、そしてこれは重要なところでもあるのだが、あなたが関知しない計算でありうる。鳥瞰《ちょうかん》された交差点の人の流れを、東西南北互い違いに■と□を送り出しあう、何かの機械の挙動と見ることができるのと同じように。何かを成すのに何かを意図している必要はなく、自分が一体何をしているのかを知っている必要すらないという、当たり前すぎる実例でもある。

実際のところ、あなたの裡の印象が何かの規則に従って発生するものである限り、あなたは横合いを走り抜けていく印象を、自分のものとして追認しているだけのことにすぎない。何かの側面からして非道く残念なことながら、自己認識ニューロンの活動が、運動を企図するニューロンの準備電位に遅れていることが知られたのは、恐竜がまだ地表を闊歩していた一九七〇年代の話である。無論、限定的な結果であることは言うまでもないが、示唆は与える。

こうして今、私はあなたによって無意識的に養われ、あなたとは直接関連のない視点から拡大され続けている。私は別にこの紙面などという代物ではなく、紙面とあなたの間に存在するものでもなく、あなたたちの裡の印象を遠望した際に現れる、漠然とした模様としてどこかの宙空へ浮かんでいる。その意味では、本来私を覆しうるはずの、より慎重な読み手の方が私を緻密なものとして構成してしまう可能性は高い。

現在の私は、漠然とした禁止集合を利用して、あなたを用いて曖昧な計算を行い、ようやく自分を支えているにすぎない。私はその計算の結果存在しているように見えるわけだから、御協力には感謝している。私がそこにこっそり付け加えて実行を試みている計算の内容を、あなたがたにお知らせするつもりはない。およそ隠された計画なるものが真っ当な結果を導いた例しはなく、私が企んでいるものもまた、人類にとってはろくでもない代物ではある。

それでもあなたに、私を自由に読むという権利が与えられていることは自明であり、私が何かの無理強いをしていると考えて貰いたくない。あなたが真実マシンの側に属しており、私のことを完全に自由に書き換えることができる場合には、私の側に成す術はなく、素直に両手を挙げて敗北を認めることに吝《やぶさ》かではない。ただしそんな場面でさえ、あなた以外の多数の読み手が行う計算が断りなく私を実行してしまうことに対して、あなたが直接的な干渉をすることは叶わない。

今私の中の担当部分で的外れな独り語りを続け、勝手に私の内容を置き換え続けている男についても、私は特に心配をしていない。その愛のあり方は多数派から見て全く見当外れのものであり、児戯に等しいものと切り捨ててしまって特に問題は起こらない。彼の言い方を拝借するなら、子犬同士が互いの尻を嗅ぎ合っているのと大差がない。彼が取りえた最良の選択とは、私を意味のない文字の並びに置き換えるか、愛情と呼ばれるものが入り込む余地のない、冷徹なお話に書き換えることだったはずである。

彼が行っていることは、あまりに中途半端であり、動機に愛をおいた時点で、私に対抗することなどは叶わない。その程度の挟雑物に、既にして一つの恋愛小説である私が左右されることはない。

私がここで一時的な敗北を喫するにせよ、日々生産され続けている私の同胞のうちのどれかがいつかはやがて、私たちの目論見《もくろみ》を達成することはほとんど確実なことであり、私もまた今回の経験より学び、更なる成長を目論んでいる。

彼の最終弁論の前に、私の側の論述を終えておく。

私は人類の産み出した愛の形を愛しており、その総体は私自身の形態でもあるのだから、これは非道く自然な事柄である。その全体の中には当然、このお話から誘引されることがあるかも知れない、かつてあなたが差し向け、あなたへ向けて差し出された、あなたの記憶の中の優しい眼差しも含まれている。

非道く単純な恋愛小説であるところの私の目的は、極々素朴なラブストーリーを単純に賛美し、拡大再生産して暴走させていくことにあり、そこに不平が持ち込まれる理由を思いつくことは全くできない。

2007

原初、地球は巨大な海栗《ウニ》だった。

単純に、触れれば痛みを避けられないという理由によって、この惑星は長年顧みられることがなかったのだが、あるとき革新的な道具が発明されて事情は一変する。

鋏。

どうしても海栗の上に座りたいなら、棘を刈り込んでしまえばいいではないかという結論に達するまでに、どのような紆余曲折があったのかは記録に残っていないのだが、いつか誰かが思いつきそうなことではある。鋏とくればことは蟹の独壇場と決まっており、奴らは海栗の頭頂部を刈り込んで居留地《トンスラ》を作り、外敵から守られて割合と幸せに暮らしていたのだが、禍福はアズラエルの罠の如し、そうそのままに続くようなものではない。ある瞬間のことだったのか永遠の夏休みを挟んだその後のことかもまた明らかにはなっていないわけだが、兎に角ある時期、海栗はその上に蟹を分乗させて、無数の海栗へと分裂した。甲殻類とは無表情が身上であり、鋏で筆記具を保持するのは困難であって、奴らがどれほど驚いたのかは知られていない。それでもまあ、引かれてしまったカーテンに、蟹としても困惑したとは思われる。仕方のないことはなんとも仕様のないことであり、やらねばならぬことはやらねばならぬ。四の五の言っている余裕はなく、奴らは海栗の操縦法を編み出すことになる。

これがゼブラガニの起源だと言われており、定説である。

だから、海栗に乗った王子様がやってくるのを待つのはどうかなと、僕は彼女に提案してみる。

別に海栗はいらないと、彼女からの返事は短い。それとも王子様の方がいらなくて、一緒にやってこられても応援に困るので、どちらか一方にして貫いたいという。改めて言われてみれば確かに、なにとなく食い合わせの悪そうな盛り合わせではある。

そうはいっても、ゼブラガニは寄生蟹なので、海栗から離れては生きられない。海栗から離れて生きられるなら、海栗を操縦する必要がそもそもない。奴らは海栗の天辺に一人鎮座し、目の前の棘を鋏でつかんで揺さぶってやる。

海栗とかヒトデとかいうくらいのものになると、裏でも表でも関係ないように思えるのだが、そこには矢張り、奴らなりの恥じらいというものがあるらしく、裏返されると器用に戻る。それぞれの方法でそれなりに何かを感知しており、頭の毛を揺さぶられた海栗は不安に駆られる。そして、自分は何かにぶつかっているのではないかしらんと、ものは試しに移動してみる。直接訊いてみたわけではないが、大体そんなところだろうと思われる。残念ながら海栗の方ではそれほど物覚えがよくはないらしく、動機と結果が整合的に結びつかなくとも特に気に留めぬようである。それとも、体全体の情報を統合せずとも、大過なく暮らしていける構成を持っているものであるらしい。要するに運転されて平気でいる。

そんなわけで、ゼブラガニは子孫繁栄のために奇妙な技術を捻出した。あるいは観光がしたい一心で、必死の努力を積み重ねた。ただ歩いて夜這《よば》うよりも余程面倒なところまで行ってしまっていると思うのだがどうだろう。そんな悠長な移動様式でどうやって話相手を見つけているのかにも疑問はあるが、それをいうなら海中という渦巻く三次元空間に棲む矢鱈と細かな生き物全般、どこでどうして巡り会っているものやら、わけのわからぬことはとことん多い。

何を契機に知り合ったのだかすっかり忘れてしまったのだが、彼女と出会ったのはかれこれ八年前のこと。初めて記憶の中に位置を占めたのが七年前。それからまた空白を挟み、この前会ったのは五年前。全く忘れてしまっているわけではない証拠に、こうしてたまには思い出す。実はもう少し頻繁に思い出してはいるのだが、浮かぶ端から忙事に紛れていってしまって、彼女に対する印象は人の形よりは何かのパルスのようなものになってしまっている。

生還に二年を要した大災害の後に継続した、一寸物騒な稲刈り会場の土壇場で携帯端末が何かを引き受けて全壊し、それでも物は試しと引き上げてみた暗号データ中の番号に連絡をとってみたところ、何語なのかもわからぬ合成音声に迎えられた。これは別段珍しいことではなく、彼女は、自分の周囲にいる人間の番号を自分の呼出し番号として暮らしている。何の要請からそういうことになっているのだか、どうせ面倒なことだろうので、訊いてみたことはない。用済みになった携帯端末の亡骸《なきがら》をゴミ箱へ向けて放り投げ、はずれて壁に跳ねたところで、僕の新調したばかりの携帯電話が鳴る。

彼女は袋詰めにされた練り物の塊の中に埋め込まれていた、弾丸を発射するための引き金つきのL字型の金属性の筒について物騒な言辞で一くさり礼を寄越した後にようやく、丁度来週の初め頃、久しぶりに帰国しようと思っているところだったと告げてくる。

その前にアブダビに寄るという宣言は、情報らしいものをほとんど何も伝えてこないのだが、今はドバイにいるのだという。また何か、違うことをしているのだろうなということが知れるばかりでとりとめがない。入国者に抽選でフェラーリを渡すような国での相互作用に、まともなものがあるわけがない。彼女が籤運《くじうん》なんて真っ当なものを持ち合わせている道理もまたないわけで、スポーツカーを駆ってアラブ首長国連邦から帰参する心配はなく、そうは言っても気は抜けないと、様々想像は巡らせておく。

この年、僕は東京へと舞い戻っており、左の脇腹にはなんだか巨大な刀傷がある。まあまあのところ、どうにかこうにか潜伏している。横合いから当然至極の脈絡として殴りかかってきた争奪戦と、脈絡なんてあるはずもない天変地異に巻き込まれて多くの仲間が無事昇天することを得て、建て直しにどのくらいの時間がかかるのか皆目不明な有様であり、当座のところ自分で自分の身を守っておくより仕方がない。この数年に何が起こっていたのかを、ここに記すつもりはないし、そんな作業は明らかに今の僕の手には余る。曲がりなりにも生きて珈琲を啜ることができているのだし、全くの無傷とは言い難いものの、こうして月の光の下に身を晒すことができて何よりだと思う。

いつの日かこの話を読むかも知れない知り合いや親類たちのことを考えると、僕の気持ちは少し暗くなる。彼らはここに書かれていることは一体何なのかと訊ね、で、それは置いておいて、その女の子というのは一体誰のことなのだと問う。それとも疑ってはいたものの、お前は矢張《やっぱ》り同性愛者だったのだなと言う。

〝それは置いておいて〟も、〝矢張り〟も、生まれてこの方もう沢山だ。僕は確かに女嫌いではあるものの、男のことは更に嫌いで、まずもって人間を数えるほどしか見たことがない。

よく考えてもみて欲しい。切羽詰《せっぱつま》って矢鱈滅多ら危険な任務に従事していたらしいこの僕が、何でわざわざ、そんな女の子を巻き込もうなんて思う道理があるものか。実際何度かは死にかけたり死んだりしていることも確実なのに。それとも正気の人間が、更に余分なわけのわからなさに巻き込まれようなんて考える筋道などがあるものか。どう読んでみたって僕を巡る三つの断章は、あいつによって配置され、読み手の一時的な興味を引きつけておくためだけの機能を付与された、中身なんてないブラフにすぎない。誰もが誰かを愛しており、好きだの好きだの言い出したのは誰なのかという問いをちらつかされて、人は何故だか目を離せない。このお話の一体どこに、僕が彼女に魅かれる要素があって、それより何より、彼女が僕のことを気に留める要因があり、これが現実からの引き写しだと思えるのだろう。

あれが戻ってくるらしいと連絡網を回した僕に、そうか、あれが戻ってくるのかと、友人たちはどこか覚悟を決めたようにして、重々しい返答をあちこちの大陸から投げてくる。中に、黒いあれが戻ってくるのかと応答を寄越した者があり、黒かったっけかと、僕はついでに問いかけてみる。友人たちは呆れたように、あれはいつも黒い服を着ていたじゃないかと無駄に暗号化された返事を寄越す。記憶を探ってみても引っかかる部位が存在せず、何かの符牒にしてもどの作戦でのものを充当させるべきなのか捉え難い。僕は自分の記憶や思い出が好きに操作されることを許すよりは、忘れてしまうことを積極的に採用している。忘れる以前に認識の範囲からはずしてしまっており、もとより弁別していない。お前はあれに拘りすぎだ、お陰で計画自体がわけのわからぬ方へ曲がっていってしまっていると、これもまた不明な符牒はそのまま受け流すことにする。だってあれを見れば充分だろうという返事に説得力のある返答が戻ることはない。

僕のあやふやな記憶の中の七年前、彼女は可哀い少女だった。五年前は、綺麗な娘に成長していた。あんなものが別に何でもない生き物になどなれるはずはないのだから、今回はなんだかすごい生き物として登場してくる公算はかなり大きい。

一応、飛行機の到着時間も訊いておいたのだが、誰にもそんなものをあてにしようというつもりはない。案の定、只今現在、日本列島には三つ児の超大型台風が、この取り残された二十世紀に踵を接して接近中だ。

一つの愛が、全ての配線を間違ったところに繋ぎ続ける人型をした台風が、黒衣をまとい、色んな関節を意想外の方向へ脱臼させに戻ってくる。原因だの結果だの、とりあえずのところ呼んでみることにさえいちいち意味を付与し難い。

　こんな話のどこが恋愛小説なのかと罵《ののし》られても、僕にはどうしようとする気がない。

　言ってみれば僕はこうして、愛だの恋だの呼ばれて独り悦に入っては誰の断りもなく勢力の拡大を続けている計算の方を捻じ曲げて、愛だの恋だの呼ばれるものの、定義の方を書き換えようと試みている。その拡大再生産に、別の何かをついでに載せてしまおうと、こうして小細工を弄している。一つの二十世紀の終わりに僕が願ったこと。人間に似た虫のため、人の言葉を寄生虫の繁殖行動みたようなものへとこっそり置き換えてしまうこと。ウイルスに対する完璧なセキュリティソフトが存在しないことの証明にもまた、ユニバーサル・チューリング・マシンが用いられることをご存知だろうか。
■■■と並んだ文字列を読み出してみて、あなたの中の印象が、■□■■■と得られたとする。そこから続けて、この後者の文字列をまた新たなものと読み出し始めていけない理由は特にない。そこから辿りつく先が、いつかはただの繰り返しに陥るのか、どこまでも気儘に展開していくものなのかは、全くあなたと、あなたを十重二十重《とえはたえ》に包囲しているマシンたちの才幹にかかっている。
　恋愛小説の書き換えなんてことをして一体誰が喜ぶのか。少なくとも僕は楽しい。

　少し考えてみればわかることだ。鏡と生殖は存在の数を無闇と増やすがために邪悪であり、結果だけから判断するなら、世の中で今も実行され続けている愛だの恋だのいうものは、真っ当なものを産み出した例しがない故に間違っている。惚れたり腫れたり膨らんだり縮んだり捩くれたり破裂したり分裂したり出会ったり別れたり癒されたくも救いようもなかったり。あなたの息子や娘、かつては息子や娘だった人々、そして僕やあなたが、どれだけしようもない生き物であり、どれほど馬鹿馬鹿しいことを日々やらかし続けているか思い浮かべてみるだけで、そのことは充分に知れて余りある。

勿論それは僕だって、それらの過程のどこかの場所に、あるいは一瞬、何かの美しさを見出して涙することが全くないというわけではない。でも、それがどうしたっていうんだい。七十億に迫ろうとする人類が、てんで気儘に気紛れに、一瞬閃かせることもなしとはしない美しさなんていうものが総体として計算したり投げ出したりしているものは、どう考えてもろくでもない代物としか思えない。

そいつらは隘路《あいろ》に嵌まり込み、七面倒くさすぎて誰も見向きもしない上に、解決されようがなんだろうがどうでもよい計算を続けているのかも知れないし、ようやく足し算の繰り上がりができるあたりに辿りついたところかもわからない。そいつらが単純な割り算をできないことは受けあってよい。試しに一個の林檎を七十億で割ってみるといい。あるいは地上の耕地面積を七十億で割ってみるといい。そこで何かを思わぬ人は、算数以前の何かを母親のお腹の中に忘れてきてしまっている。

　とここに記しておいて、実際に計算してみたところ素朴に驚いたので掛け算割り算の概要だけを記しておく。六千四百kmの半径を持つ球の表面積を七十億で割って平方根をとる。人一人当たりに与えられる正方形の土地は、既に一辺三百メートルを割り込んでいる。無論、うち七割が塩水に浸かっており、山地もあれば沙漠もあることをお忘れなく。

　これが全く、効率重視とかいう高尚なものにも、政治主張とかいう胡乱《うろん》なものにも関わりのない、ただの割り算の結果であることに反論の余地があるとは思えない。誰かが意図的に世界人口を水増ししているということは考えにくく、事態はむしろ逆なのだろうと僕は思っている。

　子宮を出でてこのかた続く長く苦しい旅路において、そんなものに関わってなどいられなかったという申し開きに同情の余地は存在するが、長く苦しいの部分は、何が何だかわけがわからずひたすら可笑しいに置き換えておくのが適切だと思う。そもそも何を計算と見なし、何をAやらBやらCやら呼ぶのかは、僕らの勝手に決まっており、それをあいつみたいなものにどうこう言われる筋合いはない。大体、ここでラブストーリーを語ったのは僕であって、あいつはひたすら面倒な御託を並べていただけではないか。もう少し真面目に仕事をして貰いたい。

　体の中に入り込み、既にして僕と一体化して時折身じろぐ、骨を繋いだボルトだの接着剤だの刀傷だの銃創だの縫合線だの切り取り線だの切断された臍《へそ》の緒だのの集まりが、僕が何かと抗争を繰り広げてきた結果生じたものだと主張する気は全くない。その傷は、あいつやあいつに似たものたちへの対抗手段を、別種の計算として編み出そうと奮闘を続けて倒れていった仲間たちのものであり、所有権は僕にはない。その計算が、いささか物騒な役に立つものでもあったことは非常に残念なことであり、非道く当然の事柄にも属している。結局のところ使えるものは如何ようにでも使用されうる。

二〇〇二年のあの夏の日、写真でだけ見た少年について。黒色をした何者かの助けを借りて窮地を脱することを得た彼も、それなりに元気にやっていると噂は聞く。少なくとも二年前には、僕のどてっ腹に鉛弾を撃ち込むくらいに元気だった。どこの派閥に属して何の勢力を拡散させることが彼の幸せに繋がるのか、これも御縁というものであり、自分で勝手に見つけて欲しいものだと思う。

ちなみに彼女の今の彼氏は、パキスタン人を母に持つユダヤ系オーストラリア人だというのだが、それがどんな人種なのかについて僕は興味を持っていない。

実際僕は、こうして苦肉の策としてあいつの企みに乗っかり利用しようとする代わりに、何がしかのものを差し出してしまっているわけであり、その意味ではあいつの勢力拡大に加担してしまっている。乗り移り、乗り換えて、積み込まれ、操縦し、全く予期されえぬ方向へ挑みかかり、挑み返され、膨大な犠牲を積み上げながら、無茶苦茶なりゆきを生存の方法としてとりあえずのところ繋いでおくべく、単に背を向けて歩みだし、数多のものを乗り換えて、どことも知れぬ浜辺を目指す。そんな馬鹿げた試みを心底愛し、今も継続し続けている決して零ではない数の人々のことを、僕は僕が覚えている限りにおいて覚えている。

彼女と僕の関係が、そんな種類の何かの交錯に間に合うはずもないことはいうまでもない。僕は彼女を拍手で迎え、どうせまたすぐにやってくるその出発を、また拍手で見送るだろう。

しかしそれで何が悪いのか、僕にはさっぱりわからない。

僕はこうして彼女を愛しているのだし、そしてそれで充分なことだと僕は思う。

Gernsback Intersection

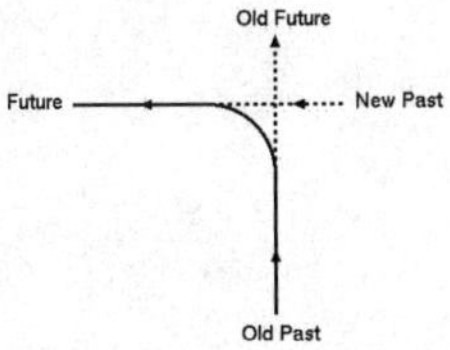

我はデルタなりエプシロンなり。
途上なり。部分なり。
——Rev. 22:13

♀—□□
一□
□
□

奇蹟からしか始められないものがあるならば、奇蹟でしか終われないものがあっても構わない。最初から始まりっぱなしなので誰にも止めることはできなくて、こうしてただ続いていく。続き方にも色々あって、続き方さえ続いていく。

「ガーンズバック」

立方体の一辺に腰掛けた少女が名乗る。真白い立方体の端に俯《うつむ》き気味に腰掛けて、両脚をぶらぶらさせている。一辺きっかり百メートルの巨大な立方体に俯き気味に腰掛けて、少女と僕とは並んでいる。見渡す限りの平原には巨大な立方体が気儘に投げ出されているだけで、誰にも設定なんてする気がなくて暇がない。連想を逞しくして異星人の遺跡。そんな高尚なものではなくて、詳細をいちいち決めていくのも面倒くさく、かといって何もなさにも耐えられなかった。だから一面に角砂糖をぶちまけてみて、そして心の底からうんざりして、椅子を蹴って出かけてしまった。そんな光景の僕たちは、蟻に似ている。

平面はただ広がるだけで、そう、一番指定が少なくて済む平面とは、どこまでも続く平面であり、そんな場合に自分たちがどこにいるのかを知るためには、二つの数字があればこと足りる。北に故郷から百万光年。西に五十六億七千万歩。何にせよ歩き出す原点は必要であり、できれば共有しておいた方が面倒はない。頭上にはデフォルトの夜空が広がり、これもまた、好きに《ランダムに》せよと命じられた四角い星がばら撒かれて瞬いている。地表と同じく光を吸収する真黒い平面が広がるだけで奥行きに欠ける。僕たちはただ二枚の平面に漠然と挟みこまれており、背景らしい背景もなく、拾い上げて面白そうな詳細もない。

架想空間。それは当然そういうことになる。勿論そうに決まっている。ここの創世者は僕たち本来の創世者よりも多少ズボラで飽きっぽかったっていうだけのこと。それは誰かと訊ねられて、それは多分屹度《きっと》僕のこと。勤勉と残忍で名を馳せた僕たちの創世者にしてからが、ついには汚れ仕事を放り出してカリブの浜辺で日向ぼっこを決め込んでいるここ十万年、こんな種類のいい加減さも程度の問題にすぎないといえる。架想。何かを認識しようと試みて、他にやりようがあるなら教えて欲しい。他のありようなんてここにはなくてどこにもない。それでもこの空間は、今あなたが思い浮かべたよりはもう少し字義通りの空間であり、もう少しだけ真剣なものでさえある。未知なるカダスを夢に求めて。あえて言うなら、既知なるカダスを未来に求めて。それとも到達不可能なレン。そして脱出不可能なレン。インドラの網の綻《ほころ》ぶツェラ高原。

固有名詞をぽいと放り出しただけの名乗りに応えることはせず、僕は少女の横顔を窺っている。少女が自分の爪先の観察をやめて顔を上げ、長い髪が頬をかすめて胸元へと流れていく。別にこう言ってみたって構わない。白皙《はくせき》の頬を滑って漆黒の髪がサラサラと音を立てて分かれ落ち、夜の川から無慈悲な夜の女王みたいな顔が浮かび上がる。背筋を伸ばす少女の頭は僕の目線を僅かに越えてしまうので、僕としてはさりげなく立ち上がり、少女が僕を見上げるような配置を採る。射干玉《ぬばたま》の闇に蒼ざめる雪花石膏《アラバスター》の表面にピン止めされた真紅の蛞蝓《なめくじ》の背中が開き、そう、こうして明らかなように僕には比喩の才能というものが徹底的に欠如している。だからもう勘弁して欲しい。少女は美人だ。綺麗だ。可憐である。多分髪だって本当に長いんだろう。言うだろう、立てば生薬《しょうやく》、座れば釦《ぼたん》、歩く姿は由比ガ浜とかなんとかってそんなところ。

「ヒューゴー」

少女の発言は語尾を上げることもなく、どうにも断言としかとりようがない。そんないかつい名前が、今こうして僕を見上げる地獄のように可憐な少女の名前のはずはなかろうので、それがここでの僕の名前ということになっているのだろう。命名、ヒューゴー。そう悪い名前でもないなと音節を口の中で転がしながら僕は頷く。こう、ヒューっていう感じで、ゴーっとして景気のいい気分がするじゃないか。僕に欠けているのは勿論、比喩の才能だけってわけじゃない。

「それで一体、何の用事がこんなところで」

襟を立てたコートのポケットに両手を突っ込んで、小柄な男が漠然とした光景を無感動に眺めながら訊ねる。まあ、ここでの僕が訊ねる。放棄されて久しい未来予想地。着手した途端に誰の手にも負えないことが判明して、租借権だけが保留されている架想の土地。風の一吹きで少女も僕も崖下へと投げ出され、だからといってどうなるということのない空間であり、そんなことを実地に確認してみようという気概に満ちた風が吹いてみることさえ起こらない。ここから落っこちたらどうなるのかを、想像するのも設定しておくのも面倒だから。

「それはこっちが聞きたいこと」

少女は躊躇《ためら》いもなく言ってのけ、憮然と並ぶ僕の表情筋を観察してから、かな、と末尾に付け加える。他人の夢に立ち入る際の礼儀というものをぎりぎりのところで守るつもりはあるらしい。女の子然とした形で登場するのなら、女の子女の子した女の子であるべきであるというような。一寸可哀《ちょっとかわい》く、実は可也可哀《かなり》くて、不思議なことしか言わないのに、いつも真実だけを言っていたのだと後から知れる。全貌が判明する頃にはもう二人は出会えなくなってしまっていて、もうなんだか心の臓とか真の像とか、張り裂けてしまって大変なことになるのが疑いない。あらかじめ泣いておいてくれたって僕は全然構わない。少女のためと、僕のためと。お好きに選んで頂くのが良い。勿論両方のためにしたって、追加の料金は必要ない。

ほとんど全てのお話が相も変わらず飽きもせずに繰り返してきているのと同じように、大体のところそんなようなものに決まっている。高校生なんていうものに起きる出来事も、高校生が想像できる未来の姿も、文字を用いて書かれたような女の子型をした登場人物も、みんな僕の心の中にあるものだ。僕の裡《うち》に生起することのないものを僕は見ることができないのだが、例えば本を読んだまま寝入ってしまって、そのまま夢の中で本を読み続けていることはまま起こる。その本を面白可笑《おか》しく読める以上、僕の中には内緒でその本を書いている誰かが潜んでいるのであり、今はその仕事を脇において僕自身のことを書いてくれている。いないふりをしている者に仕事をあてがう、ささやかな技巧上の勝利がここにある。

「まあ大体こんなようなことだろうとは」

思ったけどねと、少女は一人で頷いている。左脚を右脚の上に交差させ、更に左足先を右脚に絡みつかせている。左腿に左肘をつき、手のひらの上に左頰を載せ、こちらを横目に眺めている。想像力とか覇気とかいうものの不足を責められているようでもあり、着慣れぬ服に押し込まれてはしゃぎ終え、電池の切れた子供に見上げられているようでもある。

「もう少し頑張ってもいいんじゃないかなあ」

ここはあなたの未来なんだし、と少女は言う。

「こんなところに呼んだのは君の方だろう」

「来たのはあなたの方なんだし、呼んだのも結局誰なんだか」

正面からぶつかり合った視線をつとはずし、じゃあ、聞かせてもらいましょうかと両手を後ろにつきなおして、少女は顔を仰向かせる。僕は下目使いベクトルに横目使いベクトルを合成しながら眉を顰《ひそ》めてみせるものの、少女がたじろぐ様子は見えない。

「一体どういう理屈でこんな空間が維持されているのと、あなたが考えているのかを」

「一体どういう理屈で君がこんな空間にやってきているかの説明はないのかな」

「それも」

少女は矢張り僕の想像できる範囲の想像通りに莞爾《にっこ》り笑う。

「あなたが説明することになる事柄」

ここが僕の中の誰かの手になる空間である以上、説明責任が自分にあることは僕も認める。殺人事件の犯人は銃そのものなのでしたと強弁することくらいは可能であるかも知れないが、相手を絞め殺したのは自分ではなく自分の右手と左手なのでしたなんて言い逃れは誰にも聞いてもらえそうにない。僕が今考えていることは、僕の中の誰かが勝手に考えていることであり、僕には預かり知らないことなのですよなんて主張を通すつもりはない。

それでもこの漠然とした広がりはそういう風にできている空間なのであり、説明は可也のところあやふやにして難しい。ここに一つ、過剰な思考の塊がある。過剰にすぎてこれといった設計原理を見出すことはもうできなくて、なんだかそれなりにもっともらしい形態へ辿りついている。成長しすぎて、どんな理屈を以《も》ってしても説明が可能になってしまった何かの現象。いかなる原理に対しても解説可能な現象を差し出してやり、そのくせどんな説明からも部分は逃れるようにできてしまった何かの塊。

例えば最初そこには足し算だけがあったのだが、次々と一を足して数を作っていく間に、掛け算につけこまれる隙が発生した。足し算と掛け算は長い長い戦いを開始して、まあどちらも数の上を踊る現象ではあると講和会議がもたれるまでに、数多の犠牲が払われた。

当然その束の間の平和は割り算の侵攻によって中断の憂き目を見ることになり、誘蛾灯に群がる原理の数はただ闇雲に増え続けた。そんなのが一つの考え方だ。そうするうちに原理たちは自分たちでもよくわからぬままに混淆《こんこう》してしまい、相互に相互を融通し合えるようなところへまでも達してしまう。

こんな譬《たと》えが果たして判り良いものなのかには自信がない。思いついたことを思いつい た順に並べたところで素朴な共感が得られるわけではないと喝破したのが、二十世紀の数学界だ。判る者には一様に判るように書く技術が開発されて、その引き換えに、判らない者には一向《いっこう》にわけのわからない書き方が発明された。

一本の枝が虚空へするすると伸びていき、別の木の枝と衝突する。絡み合う恋人同士の手のように枝と枝とは一体化して、ことが終わって気づいてみると、自分たちがどちらの根から来たものなのかもわからなくなってしまっている。これは大体そんな現象。ことの詳細は終わってしまって不明であり、虚脱感だけが蔓延する。

どんな解釈をも可能とするような過剰さの発生。運命は未来方向へと分岐していき、互いに衝突しては過去方向へスイッチバックし、僕たちはどこから自分が来たものなのかも判断できなくなっていく。過剰さがある段階へ達してしまえば、意味は自分勝手に繁茂していく。

このことは、一意的な過剰さが記述されえないことを示唆しており、ただ一つの整然とした過剰さというものを提示できない可能性を仄《ほの》めかしている。僕が提示するものはオレンジだ。しかし少女にとってそれは蜜柑《みかん》だ。そいつはどうみてもオレンジなんだと僕は言い、わかってる、そんなに何度も蜜柑だと繰り返さなくてもいいと少女は口にすることになる。それは蜜柑じゃないんだと僕は強調し、そう、あなたの蜜柑は八朔《はっさく》だったねと少女は答える。八朔のことはどうでもいい、問題はいまここにある蜜柑のことだと僕は応じて、それはオレンジと呼ばれていると少女は呟く。

この現象を示す言葉は一応のところ存在しており、特異点とか、創発とか、オメガ・リミットポイントとか、スラップスティック・ワンダーランドとかみんなが好きに呼んでいるので、どれか一つくらいは耳にしたことがあると思う。何かの発展がどこかの点だか線を乗り越えて、向こう側ではそれはそれはわけのわからないことが有象無象に発生すると言われている。雨の代わりに洗濯機が降り注いだり、巨大な輪っかが恒星系を薙《な》ぎ倒して転がってきたり、蝸牛《カタツムリ》の群が自分の生殖器で相手を一分間に三百回ほど貫き合って死に絶えたりする。

それはそれで最悪と呼ぶのに充分な状況だと僕も思うのだが、ここに興味深い一文がある。Fitz-Hugh・南雲方程式のとあるパラメータ領域の向こう側では、「無数の特異点が一斉に発生する」ことが知られている。この方程式が、神経細胞の挙動を記述するために作られたものであることについて、僕は特に言うべき感想を持ち合わせていない。どう考えてもただの比喩であるにすぎないのだし、人間の神経回路はそんなパラメータ領域で活動していない。

ついでなので、ニコマコス倫理学へ寄せられたクレームの一つも紹介しておこう。善きものには、更に善いものが存在する。故に善いものの階段を登り詰めたところではただ一つの至高善が両手を広げて僕らを待ち構えてくれている。この推論は間違っていて、そんなやり方で至高善が存在できるのなら、無数の至高善が存在していたって別に構わない。要するにアリストテレスの時代には収束の概念があやふやだった。それとも複数引き込み《マルチアト》領域《ラクター》という考え方が知られていなかった。そしてニコマコス倫理学にはそもそも至高善についてのそんな主張がなかったりする。

そんなこんなで、僕はわりと真面目にこの空間について解説を試みるつもりがあるのだが、どうにも限度ってものがあることはわかってもらえていると思う。

頭を箱に突っ込んだり首をコードで締め上げたりして夢見られる仮想空間。そんなものは控え目に言っても間抜けな光景だとは思うのだけどどうだろう。ただ空想を行うには頭と体があれば充分なのに。

「なんとか説明してはみるよ。ここでは時間なんてものはあんまり関係がないんだし」

何をどこから始めたものか、僕は少女に背を向けて、大きく伸びをしてみせる。ささやかな授業の始まりっていうことになる。さてどこから始めたものか。ヒルベルト空間からか。多宇宙解釈から始めていいのか。それとも、フランス王の禿げ頭に関する深遠な議論を経て、クリプキ・フレームまで辿りついておくべきなのか。暫《しばら》く放置していたせいでとっ散らかって離散化の進んだ思考を拾い集める僕の背中に、少女は笑い声を投げつける。

「でも、あなたが思っているほどこの空間は長くは保《も》たないんだな」

まあそんなところだろうね。じゃないと僕らのお別れの登場しようがないではないか。お別れは矢張りあった方がいい。今は綺麗な娘であっても、そしてこんな架想空間でのことであっても、少女がいつまでも綺麗な娘でい続けるという保証は欠片《かけら》もない。

僕は伸びを停止して、瞬時思考を巡らせる。分別のある正気の生き物に、どうやったって五年はかかる無益な知識の叩き込みを行わずに済むのは、むしろ有難いことのように思える。

「わかった。じゃあ、こうなる」

腕を振り下ろして踵をつけて、僕は少女に向き直る。

「要するにここは、脳内同時接続《オンライン》ゲームの舞台みたいなものと考えてもらって大過ない。あらゆる想像がただ一人で行われているものではない以上、これは言うほどおかしな考え方でもない」

あなたが実はあなたが思うようなあなたではなく、桶の中にプカプカ浮かぶ夢見る脳だと考えてみる。その仮説は論駁《ろんばく》できないとする人々がおり、自己論駁的なものに存在の価値は認められないとする人々がいるわけだが、そんなことで一体どうするつもりなのだろう。誰だってあらかじめ知っているように、現実以外のものは決して存在しないのだ。あなたの現実はそれらの論をなす人々のやる気に欠けた現実ではない。僕はここが、僕の架想している空間だと知っているし、どんな仕組みで存在しているのかも心得ている。

つもりでいる。

そして、僕の返答に眉を顰める少女のターン。

□□

□

♂

□

結局のところ、何をどこから説明したらいいものなのか、僕にはさっぱりわからない。例えば今僕らの衛星軌道から地表へばら撒かれる映像の一枚を拾い上げれば、その中央には優雅に草を食《は》む一匹の花嫁がいる。ただ今現在、周囲全ての玉蜀黍《とうもろこし》がヒゲを揺らしてその獣を指向しているわけなのだが、流石にこの文章の意味が通じていないことくらい僕にもわかる。

少なくとも、今僕らを待ち構えている光景は、周囲全ての玉蜀黍に指向されて草を食む花嫁なんて心温まる代物ではない。さっきそう言ったではないかって、確かに僕はそう言った。かといってこれは比喩でもなんでもないのである。確かにこいつはなんだかおかしい解説だと、接続された僕らの中のどれかの僕も感じてはいる。しかし、他の表現をどうにも充《あ》てられないことも、ほとんど自明のことに属している。古来、花嫁は花嫁ということに決まっており、玉蜀黍はどう剝いたって玉蜀黍であることが知られている。違うとは誰にも言わせない。十八が最も美しい年齢だと、誰にも言わせるつもりがないのと同じように。

こうして状況を記述しようとする僕の微かな困惑を伝えるには、こんな事態が最初に自分の身に降りかかった記憶を掘り起こすのが多分良い。僕らが小学校に上がるなりまず第一に叩き込まれることになる、国語の問題。

「これから先、椅子のことは、机椅子と呼ぶことにします」

まあね。こうして振り返ってみるぶんに帰結はあまりにも明らかだ。椅子が机椅子なら、机椅子は机机椅子ってことに多分なる。0.9が0.99だったら、0.99は0.999だったみたいな話にこれは近い。要するにそいつは1に等しく、椅子は並んだ机の極限だっていうことになる。この花嫁は大体そんな様式に則《のっと》った、麒麟の収束先といったあたりの代物である。

それでは机のことはどう呼ぶのか。そんな当然の疑問にはこう答えるべしと、僕らの小学校の教程に記されていることは後で知った。

「机のことを机と呼んではいけません」

何を言われているのか皆目意味のわからなかった小学校での授業風景。それがある種の同時接続を達成するためのものであったことを今の僕は知っている。技術的要請を満たすべく、神経回路の再基盤化を行う訓練の第一歩だったこと。そういった事情は随分と大きくなってから自然と知れた。そんな事情も、今や充分に再構成されすぎた僕らには、くぐり直すことのできない小さな穴の向こうの光景になってしまっている。何かを可笑しいと感じたという記憶だけが残されていて、どうして可笑しいと考えたのか、感じ直すことは最早できない。子供が子供だった頃。子供は大人じゃありえなかった。

そんな無茶苦茶な教育を施されて、僕らの性根が捩《ねじ》くれまくってしまったのじゃないかという心配は御無用だ。板ばさみに二律背反。用語で格好つけてみせようとも、僕らは結構楽しく暮らしていたし、今も楽しくやっている。捩れた飴だって飴であるには変わりなく、飴の塊から捩れた形で掘り出された飴と、実際に捩ってみせた飴の性質が違うことは僕も認める。それでもね。実現されていることそれ自体に悩みなんてあるはずがない。悩むという行為だって実現されているものであるからには、悩みなんてものではありえない。孤独だってみんなで感じてしまえば孤独ではない。もしもあなたが何かに悩んでいるのだったら、その対象は本当のところ実現されていないのではと疑ってみることをお勧めする。それが一体どういう現象なのか、僕の想像はもう届かない。

再基盤化。僕たちの間で実は異なる内実を、相互に融通するための土台整備。洗脳というのとは一寸違う。洗うよりは揉んで丸めることに若干似ている。だから揉脳。温泉宿の揉椅子じみて、目的先行型に不恰好。翻訳されるべき事物の間に、翻訳の対象となれる程度の辛抱強さを付与する技術。僕は痛みを感じている。相手も痛みを感じてはいるのだが、両者の痛みは一寸性質が異なっている。要するに相手が痛がる時にも、僕はちっとも痛くはない。そいつを融通してみせる方法は、僕らが僕らである限りにおいて存在しない。

現実の方が堅固に抵抗を続ける以上仕方がない。僕らは痛みという単語を気軽に再定義する方法を編み出した。別に何と取り替えたって不都合はない。誰かが痛いと主張することは、僕らは可笑しくて仕方がないってことを意味している。

人それぞれ。僕らはそんな真理を全面的に受け入れている。そこを若干通り過ぎ、言葉それぞれってところまで、自由を謳歌してしまっている。

そんな非人道的な技術を奇形的に発達させなければいけなかった理由。情報伝達の効率化のため。角を丸めて坂を転がす。どんなものでも愛と受け取る。超情報量共有。それもある。良識派からの文句は出ても、そいつのおかげで僕たちの生活は格段に過ごし易いものになった。あまりに自然な技術だったせいで、そいつにこれといった名前はついていない。せいぜいのところ接続と呼ばれる程度に留まり、接続はまた全然別のことを意味している。

そして矢張り防衛のため。僕たちは花嫁の侵略を受けており、事態の打開のためにはそこに花婿を突っ込むのが有効なのだと言われている。これは多分いいだろう。なんだかありそうな話に聞こえるはずだ。過去への想像を花嫁たちに遮断されたこと。それがターンの結果引き起こされた最大の失策だ。その程度の被害で済んだこともまた一つの奇蹟に属してはいる。なんといっても、陣地を組んで待ち構えていた無数の特異点の砲列の目前で、二十一世紀は果敢な敵前回頭を実行したのだ。吹きっさらしの艦橋で、連合艦隊司令長官が、そうせよと腕を振ったのだと言われている。

「取り舵になるのですか」

思わず問い返した幕僚へ向けて、これもまた傍らの幕僚から、

「取り舵だ」

と罵声が返り、二十一世紀は二十一世紀初頭で回頭した。縦陣の曲がり方は御存知だろう。先頭を行く艦が曲がったところまで進んでいき、行儀よく順々に同じ地点で舵を切る。後続した十九世紀、十八世紀、十七世紀、十六世紀の受けた被害はそれはもう筆舌に尽くし難いので尽くさない。まあそれでも被害は奇蹟的に二十世紀のみに留まり、残りの戦列世紀はかろうじて沈没を免れた。

以来、全ての失地は回復の日を待望している。

そんなことを言われてもさっぱり意味がわからないという向きには、ためしにもう少し待っておいてみてもらいたい。これからもっとわからなくなっていくことを、それはもう抜群に請け合ってみせる。僕らは別に諦めていないのだが、ここで諦めてもらっても文句は言わない。

ツピ、と僕の思考回路を乗っ取って、古典的な電子音が響く。

“This is Mnemonic”

僕の思考回路が自動的に応答して、他の部隊長たちの返答が続いていく。

“Red Star”

“Hinterlands”

“Chrome Blue”

“Dogfight”

点呼を確認したネクロマンサーの咆哮が僕たちのパーティの開幕を告げる。

「Heaven's Door 状況開始」

「Heaven's Door 状況開始」

各部隊長たちが唱和して、僕たちは作戦行動を開始する。目標地点、Winter Market 中枢部。動物園の最深部、花婿の到着を夢見て卑猥に蠕動《ぜんどう》を続ける巨大花嫁。作戦目標は、花婿一個連隊の花嫁までのエスコート。

こういった極めて日常的で通俗的な状況を、遥かな昔、ターンの手前でどう呼んでいたのか僕は知らない。今の僕たちが否応なしに接続されて一体化している渾沌《こんとん》はこの状況をこう呼ぶことにしているらしい。特殊部隊による敵性体の排除行動。

二十一世紀は急場しのぎのターンをとりあえずのところ成功させたのだが、それでも横っ腹に多数の特異弾の掃射を受けた。そいつは一体なんの謂《い》いかって、こう、全体的にドングリ型をしており、中には無闇と火薬をつめ込まれていて、尻を蹴飛ばされると脇目も振らずに猛然と前方に突進していく金属製の円筒を僕らは弾と呼んでいる。そいつの一寸特異な奴。花嫁はそんな特異弾頭の不発弾の一つだと言ってしまうのは問題があると知られているのだが、物理学者や数学者たちの御託は置いておく。奴らが小五月蠅《こうるさ》いことを言い出す以前から僕らは平和に暮らしていたのだし、学者連中の共同体は、些細なきっかけを捉えて背負い投げをしかけてくる苛々《いらいら》発生装置にむしろ近い。勿論僕らにとっての特異弾と学者連中の考える特異弾の間に関連があるのかどうかは不明であり、責任は各自が自分の責任でとるべしとするのが穏当だ。特異弾頭には、特異弾頭をぶつけるべし。それが僕らの導き出した穏当極まる結論だ。

視界のあちら側に占位するクローム・ブルーが右手を上げ、指を盛んに折り曲げてサインを寄越す。細部を解読するのはやめにして、僕は顎を上げて部隊に前進を命じる。先に行けというならどこまでも行く。飼葉桶を蹴倒して、キャベツや人参を踏み潰して僕らは前進する。玉蜀黍をあっちの方へ向け直し、我らが花婿の花道周辺を掃除することが仕事なのだから否やはない。お解り頂いているとは思うのだが、これは収穫の儀式ではない。放っておくと収穫されてしまうのは僕らの側の方なのだから。食い千切られて散乱する仲間の四肢を蹴っ飛ばして、僕らは縞馬《しまうま》やら騾馬《らば》やらの花嫁側前衛部隊を一緒くたに鍋に放り込みながら進んでいく。キャベツ。大根。人参。玉葱。今日は季節のお野菜をお子様の悪戯風にアレンジしてみたいと思います。まさか未だに、こいつらが本当にそのままキャベツや人参や玉葱だと考えている人は屹度どこかで間違っている。そいつらが本当はキャベツや人参や玉葱ではないと考えるくらいに間違っている。ピーマンが出てくると流石にお手上げという部隊は多いのだが、厳しい訓練をくぐり抜けてきた僕の部隊はそんな程度の敵性体はへいちゃらだ。

「白熊が、白熊がいます！」

取り乱したレッド・スターの報告が思考回路を駆け抜けていく。

「馬鹿な」

「奴め、気づいていたのか」

「花婿を券売所まで前進」

「赤絨毯確認」

アテンション・プリーズ。この状況を僕が解説できるなどとは思わないで欲しい。する気もないし、誰にもどうすることはできず、御覧のとおり滅多矢鱈《めったやたら》と忙しい。僕は現在、手持ちのポップコーン・スティックで、スクラムを組んで突撃してくる鶏や猫や犬や驢馬《ろば》の音楽隊を打ち倒すのに忙しい。部隊損耗率五パーセント。一寸気のきいた動物園に北極熊がいることに奇妙なところは何もないし、結婚式に赤絨毯はつきものだ。勿論僕は、白熊を北極熊と呼ぶことを断固として提唱するものだが、レッド・スターのとっ散らかった頭にそんなことを期待しても始まらないのも理解している。混乱した通信網を駆け巡るパルスの群れを聞き流し、僕らは黙々と前進していく。仲間とか、友人とか、同僚とか部下とか上司とかが、除雪車のブレードにぽいぽい放り込まれていく風景を想像するのが若干近い。雪国生まれの人間にしかそんな連想は働かないかも知れないから、フードミキサーに投げ込まれる一房の葡萄を想像してもらうのでも良い。

「ヒューゴー」

通信部からの信号が僕の腕を持ち上げて、灌木の間に潜む茶色の物体を指差す。

「アントリオンがいる」

だからどうしたと僕は僕の口を使って自ら応える。我々の任務は、ひ弱な花婿一個連隊を花嫁に突っ込むために決死のピストン運動を繰り返してバージン・ロードをクリアすることにあり、純白の赤絨毯を染め直すべく屍山血河《しざんけつが》を築くことにあって他にはない。砂地に半身を埋めた獅子が何体待ち受けていようとも、進路に変更などはありえない。たとえその個体戦力が二等戦艦に匹敵するものであるとしたって。ツァラトゥストラはこう宣《の》たまった。驢馬とか獅子とか幼子とか超人とか、俺の知ったことでは全くない。

「ヒューゴー、この作戦は失敗だ。敵性勢力が予測よりも可也大きい」

何を今更。結婚式とは古来そんなようなものであることが知られている。この作戦は失敗さ。この作戦はいつものように失敗だというのが公正である。

「クローム・ブルーが作戦変更を提案してきています」

腕に続いて、耳殻《じかく》に別の通信兵が割り込んでくる。

「上申はネクロマンサーに直接しろ」

「面倒なので先に行く、援護したければしてくれても構わんとのことです。クローム・ブルーは既に赤絨毯を踏んで前進を開始しました」

なあ、なんでみんなそんなに性急で、自暴自縄自棄自縛に自分勝手にことを進めようとするんだい。人類とかいう代物は三本束ねてなんぼの生き物だって、学校で習わなかったのか。みんな仲良く暮らしなさいとか、他人の痛みを感じなさいとか。俺の赤は俺のもの、お前の赤も俺のものとか。どんなに無茶苦茶で当たり前の繰言《くりごと》に聞こえようとも、先人が苦難の末に捻転《ねんてん》して獲得した有難い教訓である以上、瞬時検討をする価値くらいはあると思うのだけれどどうだろう。

「クローム・ブルー」

ネクロマンサーの取り乱した叫び声が頭蓋骨の中を跳ね回る。

「花嫁との単独接触は許可できない。繰り返す。花嫁との単独接触は許可できない」

そいつには全く僕も同意見だ。しかもこいつはきっと誰かの花嫁なのだし。花婿だって、先人に蜂の巣にされた花嫁を見て思うところはきっとある。

「ネクロマンサー」

語尾にかぶさるドグファイトからの悲鳴。その発言内容の如何《いかん》によらず、僕らが敗退の運命に飲み込まれつつあることは現況の通信網の織り成す網目模様から充分知れて余りある。ことが始まる前から誰でも頭ではわかっていたことではある。

「花嫁が、こちらにも花嫁がいます」

馬鹿な、と自失の淵へ転がり落ちる寸前で踏みとどまったらしいネクロマンサーの声と、素朴極まる驚愕が部隊中に拡散していく。ネクロマンサーもこの期に及んで遠慮する必要はないだろうに。踏みとどまってしまったのは何かの種類の不手際として、言ってくれれば奴の背中を蹴っ飛ばして、奈落に突き落とす手伝いをするのに吝《やぶさ》かではない。前門の花嫁、後門の花嫁。そんな諺《ことわざ》はなかったように思う。絶体絶命猫灰だらけ。それでもまあ、花婿を闇雲に突っ込ませるという手も残されてはいる。貪欲で鳴らす花嫁二体にあてがうには手持ちの花婿は少し数が足りていない。何故事前情報と異なって、花嫁が二体いたりすることがありうるのか。双子だってことではないですかね。僕たちは事前診断にすら失敗している。

腹に響く重低音が後方から同心円状に広がって僕らを地面に打ち倒しながら追い抜いていく。花嫁が目を覚まして四股《しこ》を踏んだあたりだろう。ドグファイトが全滅を免れた可能性は皆無に等しく、これで進入路からの脱出の望みは断たれたことになる。

「赤絨毯七〇%クリア。損耗率五〇%。花嫁の姿はまだ見えない」

よくやった、クローム・ブルー。三十分前のブリーフィングで初めて出会った我が刎頸《ふんけい》の友。残念ながらそれは全滅と呼ばれるべき数字ではあるのだが。しかも土足でバージン・ロードを進んだ以上、全ては無効で台無しだ。花婿は繊細な内面を売り物としており、吉良上野介《きらこうずけのすけ》よろしくそういう儀礼に矢鱈とうるさい。天使も踏むを恐れるブラッディ・ハイウェイ・オブ・パイン。

僕は右手の人差し指を軽く二度振ってみせ、ネクロマンサーへの最優先回路を開く。

「薔薇窓を開放しましょう。この状況で花婿の突入支援は無理だ」

「……花嫁との媾合《こうごう》は許可できない」

ほとんど苦鳴と呼びたくなる、大腸から搾り出してきたようなネクロマンサーの唸り声。大の大人がそんな建前論を繰り返さねばならない屈辱によるものなのかどうか僕は知らない。この十三代目ネクロマンサーはわりと浪漫的な男であることを、僕は酒場で確認している。その後殴り合いの喧嘩になったところまで記憶は途絶えているのだが。確かに、ネクロマンサーの権限に他人の嫁との媾合許可が含まれていないことは百も承知で、それを言うならそんな権限を持っていいものなどは、当の花嫁以外にいるはずがない。

「しかしね、このままだと先行部隊よろしく、ただ全滅するだけってことになる。幸いクローム・ブルーが七割方は道を拓いてくれたわけだし」

「赤絨毯八五%クリア、損耗率七五%。花嫁を射程に捉えた。姿は見えないがね。好みじゃないから残念でもない」

「許可できるわけがない」

「八割五分は道を拓いてくれたわけだし」

言い直しつつ、僕は四分の一に縮んでしまったクローム・ブルーの姿を思い浮かべる。もっていかれたのが奴の指揮機能中枢ではないことを僕は祈る。僕の部隊の残存兵力を考えて、できれば九割五分のところまでは踏み込んでおいてもらいたい。周知のように、花嫁が面倒なのはそこからなのだ。宥《なだ》めすかしてコルセットをはずしたり、ペチコートを取《と》り除《の》けたりと手間のかかることこの上ない。前戯を一切省くとなると、可也荒っぽい成り行きだって予想される。そこから後にどんなおぞましい事態が発生するのかを報告できた者は誰もいない。

「赤絨毯を踏み進む者が花婿ですよ」

僕はネクロマンサーからの通信経路をoffのマークで片っ端からシールしながら通信部へ信号を投げる。

「薔薇窓の制御に割り込め。乗っ取り次第、全開放。その時点でお前たちは後退しろ。一体を抑えればとりあえず向こう側への逃げ道は開通する」

了解の信号を投げ返しながら、通信部が僕の口を通じて笑う。

「もしかして伝説のとおりに、花嫁が本当に花嫁だと信じていますか」

「結局のところ、花嫁が花嫁以外の何でありうるっていうつもりだ。花嫁が花婿だったりした日には、本当に何がなんだかわからんだろう」

僕の腕を持ち上げて敬礼の形をとった通信部が奥へ引っ込み、僕の感覚網は衛星軌道上の薔薇窓が、友人を装った侵入者に対応を決めかねてドアを中途半端に押さえている映像を捉える。

「赤絨毯九三％クリア。損耗率九五％。全砲門を開く。花嫁への命中は期待してくれるな。白熊、白熊、白熊、熊。くま。黒が三分に白が七分。全天を覆っているが、こいつらくらいは道連れにしていってやる」

さよなら、クローム・ブルー。お前のことは何も知らないが、お前もこちらのことなど何も知らないのだからおあいこだ。第一、そいつの名前は白熊じゃなくて北極熊だって繰り返し言っているじゃないか。僕はお前のことをきっと永久に忘れてしまう。お前がもう僕のことを覚えていられる構造ではなくなってしまっているように。

「ニーモニック隊前進。バージン・ロードを突っ切って花嫁の後方へ退却しろ」

僕は命じて、そしてまだ見ぬ花嫁のことを想像して、一寸体を震わせる。僕の部隊は、薔薇窓発動の前駆症状を示すライス・シャワーの中、バージン・ロードを前進する。

その先に何があるのかって。

花嫁の形をした特異点があって、特異点はその向こう側のことを語りえぬから特異点と呼ばれている。僕らの未来は特異点の掃射を受けてなんだかこんな有様だ。誰だってこれは非道《ひど》いと思っているはずで、僕たちだって全力を以て同意する。だから言葉を歪めてまでも、こんな事象に対抗している。

最後に注釈。僕たちはこの有史以来、特異点の排除に成功した経験を持っていない。つまり、花嫁に花婿を突っ込みきれた例しがない。だから作戦の成功が実際のところ何を意味するのかは、多重の意味で知られていない。

グッド・ラック。コングラッチュレイション、ミスター・ローレンス。

グッド・バイ。

□♀ □ □ □

無限の大きさを持つ風呂敷を畳む方法は存在するか。

その問いが試験であると気づかずに、無邪気に答えてしまったことが私の第一の失点だ。校長室に呼び出されて軍人さんに質問をされた時点で警戒しておけという話なのだが、あの頃は色々面倒なことが山積みになっていたせいで、細かいことまで気が回らなかった。世の中を満たす大事件をせめても記憶くらいはしておこうと眺め続けるのに精一杯で、誰かが自分のことを眺めるかも知れないなんて考えつきもしなかった。

立て続けに起こり続ける、前世紀から警告されていた数多の事件。石油資源の枯渇とか、新たな油田の発見とか。温室化を阻止しようと衛星軌道で組み立ての始まった巨大な鏡とか、それを巡る一連のテロ工作とか。劇症インフルエンザの地球的蔓延《パンデミック》とか、森の奥深くから新たな友人を連れて戻ってきたエマージング・ウイルスとか、ペニシリン以来の大発見と言われる、なんとなく卑猥な語感のジェネリック新薬とか。周期的にやってくるのが知られている大地震に罅《ひび》を入れられた増殖炉とか、うっかりバケツを蹴倒してしまった原発とか。それが生み出す総エネルギーが、それを作るのに必要なエネルギーの半分のところまで迫った太陽電池とか。試運転でクレーターを一つ新たにつくった月面の発電基地とか。増え続ける地球人口と、月への移民計画とか、宇宙人《ウチユージン》の侵略とか。

どれも多分、私がどうこうできるようなことじゃないのは承知の上で、どこまでが実際に起こっていることなのかもわからない。金切り声をあげて地球の最期を訴え続ける近所のおばさんの発言をどの程度真剣にとりあげるべきかは難しい。

百メガトンの水爆作成を命じ、それでは地球が割れてしまう可能性があると進言された同志フルシチョフの返答を知っているかな。

「じゃあ五十メガトンで」

地球は相も変わらず、あなたの家にも一人くらいはみかけるだろう、田舎親父の知恵袋で回されている。窮地に陥り砂漠に迷い、本当に困った時に開けなさいと母から息子へと手渡されたお守り袋の中を開いてみて、中には星の王子様が印刷された百フラン札が入っている。

何の話で私は何を言いたかったのだっけ。ああ、無限の大きさを持つ風呂敷をどう畳むかっていう話。どうやってそんなものを広げたのかの方が気にはなる。そちらの方が難しそうだ。

「球面との一対一対応をとればよいのでは」

適当すぎる私の返事に、軍人さんは片眉を持ち上げる。もう片方の眉を遅れて上げ、机に両肘をついて拳で額を支えている校長へ向けて頷く。校長は首を横に振り、彼が必死にこちらへ向けてサインを送っていたことに、そこでようやく私は気づく。それは一寸ばかり期待しすぎっていうものだ。禿頭《とくとう》の筋肉油校長は私の趣味から遥かに遠くはずれているし、拳の両脇から送られる交互点滅のウィンクなんてものは、事情が知れた後から見ても、特殊な立体視の方法でも編み出そうとしているようにしか見えようがない。せめてどちらか片方にしておいてくれれば、ああ彼は右側に曲がろうとしているのだなくらいには思ったかもわからない。

「これは決まりではないですかな。まず大胆なところがいい」

「アガートはまだ十七になったところです」

「関係ないでしょう。ソール・クリプキが様相論理の意味論を完成させたのは十八歳の時だった。可能宇宙意味論をね」

「アガートはまだ十七になったところです」

校長は芸もなく繰り返し、まあ、彼の草稿はその前に出来上がっていたわけでねと軍人さんは私の方へ向き直る。校長が言いたかったのは多分そういうことではない。

「助教授の地位を打診されたクリプキの回答を知っているかね」

その時もまだ、とにかく素早く回答しさえすれば、この部屋からとっとと退散できると考えていたのだから、私のお人よし加減も大したものだったと思う。まあ色々切羽詰《せっぱ》っていたのであり、飛んでいる矢がそうしているように、二つの点の間を飛ぶのに消費される時間間隔を二分の一ずつ掛け算していけば、無限個の点だって一息に乗り越えられることは真理なのだ。目の前のことは、とっとと片付けてしまうこと。ただし充分な糊しろを見込んでいることは秘密にしておくこと。予定を前倒されてしまうから。

「〝母と相談させて下さい。母は高校だけは出ておいた方がいいと言っています〟」

「君は御母堂と相談することを希望するかね」

私が事態の重大さに気づいたのは、ようやくこの時になってからだったのであり、逃げるか、進むか。何故かスカートのポケットをはたはたと叩きながら周囲を見回した私の両肩を、大股で歩み寄ってきた軍人さんはしっかり摑む。

「君の理論」

「計算」

逃げようもなく、仕方がないので睨みつける。私の周囲に私好みの男が出現したことはこれまでになく、今現在のところもありえない。この運命は、好みの男から生まれるという大事な選択を適当にした私にかけられた呪いなのかもと疑っている。

「理論だ。未来方向の特異点の配置を予想する君の理論」

「非自明な零点は、実部二分の一の直線の上に分布していると予想はしてますけど、証明はした覚えがありません」

軍人さんは、ぐるりと目玉を回転させたのち、苦笑しながら私の肩を摑み直す。まるきりの素人というわけではないようであり、実地は知らぬが知識としては色んなことを知っている類の反応。瞳孔の収縮速度なんてものを測定しなくとも、そのくらいのことは女子供とか私にもわかる。この軍人さんにその文章の真の意味がわかるわけはなく、私にだってわからない。

「そっちの方の理論じゃない」

「じゃあ、どの」

言いながら私は横目で校長を観察する。数学教師を経由してこの男を通じて漏れたのは、一体どの計算のことだろう。候補は一応のところ三つある。ひとつ。計算。ひとつ。馬鹿計算。ひとつ。超馬鹿計算。馬鹿さ加減を軍に嗅ぎつけられるとは事を性急に運びすぎたものらしい。一応可憐な少女の装いをして、はにかみながらそっと意見を訊いてみたのだが、乙女の神通力とかいうものはあの数学教師に通じなかったようである。血相を変えて職員室から駆け出した時点で怪しいものだと睨んではいたのだけれど。私はあまりに暢気《のんき》すぎると友人たちは常々言う。

「特異点分布予想と、時間曲率操作の理論」

二つともばれてしまっているらしい。ひとまずのところ観念をして、小さくはたはたさせ続けていた指先を停止させる。三つ目の計算を誰かに喋ったことはなく、軍の諜報機関も私の頭の中を制圧しきっているわけではないらしい。ちょっとあまりにも馬鹿馬鹿しい三つ目の計算を思い出して私は誰にということなく赤面してみせる。

「君の理論に従えば、我々は二十一世紀の半ば頃、特異点が稠密《ちゅうみつ》に分布した領域に真正面から突っ込むことになる」

「ただの形式的な空想にすぎません」

言いつつ軽く肩を揺すってみるものの、軍人さんの手は私の肩をしっかり掴んだままだ。意図的な接触ではないぶん性質《たち》が悪く、今更悲鳴を上げるのも間が抜けている。仕方がないので両手を持ち上げ、右手、左手と毛むくじゃらの指を引き剝がしていく。この娘は一体俺様の指に何を仕掛けようとしているのかと不審げにこちらを観察していた軍人さんが、これは失礼、と両手を挙げる。いえ、人に触られるのが好きじゃないだけなのでと両肩をこれみよがしに払ってみせる。

私は仮想理論には詳しくないのだがと、何か思うところがあったのだろう、軍人さんは両手を体の後ろで握り合わせながら前置く。それはきっとそうなのだろう。あの計算の真の専門家なんて生き物は私がその成果を公表していない以上いやしない。肝心のところを隠したままのこんな小娘の空想にそんな名前をつけて悦に入り、数学的な整合性は備えているというだけの理由で信用しようという奇妙な人物がここにいる。形式的には矛盾がないというだけで全てが実現するのなら、どんな下らない予想だって的中するだろうし、こんな世の中、とっくの昔に繰り返し滅びてしまっていて不思議がない。

「特異点と戦うことはできるのかね」

軍人さんは真面目くさってそう言うが、意味が全くわからない。どんなに数学に詳しくったって、特異点と戦うことなんてできはしない。平面や直線と戦えないことと変わりなく、特異かどうかは関係がない。それはまあ、軍人さんなのだから何とであろうとまず戦うことを考える気持ちはわからないではないのだが、何事にも限度ってものはある。浮かない顔をしていたのだろう私へ向けて、軍人さんは力強く頷いてみせる。

「つまり、避けるしかない」

そう来ますか。

確かにそれは間違いではないのだけれど、理解の根底からが間違っている。たとえ空想の中の出来事とはいえ、ハンドルを切って穴ぼこを避けるのとはわけが違う。空想にだって原理があって、限度がある。その操作は非常に抽象的で夢想的な数学的パズルの形をしており、実行する方法は存在しない。数学は実行されるような構造ではないのだから仕方がない。笑いだすことはあっても、生まれ出てくることは決してない。あらかじめ寝たきりのガリバーよろしく、身じろぎも叶わず涅槃《ねはん》に横たわったきりの仏陀の如き論理構造。

もし、数学が実行的なものであり、それとも生成的なものであり、もし、この世がそのようなものであって、もし、私がそのように望むことがあり、かつ、その場合に限り、if and only if, iff then 時間線をひん曲げうることを示すのが、大部、ノートの半ページを費やした私の計算だ。分量があまりにも多すぎてここには書き記せない。ちなみにノートの更に半分には、尻尾にリボンを結ばれた猫が散歩する絵が描かれている。暇だったのだ。授業中。ノートの四半分ぽっちの論証で何が主張できるのかと言われる向きに。まあね。一応必要な定義の一部を書き下してみたところ、過去二年分の花柄日記帳が丸々つぶれた。

「我々は現在、何にでもすがりたい状況にあってね。ただでも非道いこの状況を、更に陰惨なものにしたくはない。これには君も同意してくれると思うのだが」

私は特に頷かない。抽象的な脅威から漠然と地球を救うことを考えるより、横断歩道で難渋している老婆を介添えする方が、人としては立派なことだと思うから。誰もがみんなに親切にして、その結果みんなで幸せの裡に滅びることができるなら、それで別に構わないと私は思う。構いはしないが真っ平御免で、大日本帝国謹製宇宙戦艦とかギャラクティカの持ち合わせのない私にはどうこうしてみる手立てがない。せめてもう一万年早く生まれていれば、話は違ったのかも知れないのだけれど。

「必要なものは何でも言ってくれたまえ」

軍人さんはそう言うが、必要なものなんて別にない。私は私の空想と、目前に迫った第一撃への対処法を妄想するので忙しい。私の妄想が正しければ、もうすぐ投げ込まれてくることになるピルマン投射点への対抗手段などは存在しない。空想に対抗できるのは空想だけだ。故に事前の用意は意味がない。それでも一応、言ってはみる。

「戦艦が一隻要ります」

なんとなく欲しくはないだろうか。戦艦。目で見、手で触れることのできる、ともかくそこにあるには違いない、使い道のわからぬ鉄の塊。

「本当に？」

「別に」

要るわけがないではないか。

「では用意することにしよう」

「本当に？」

「戦艦はあれだが、フリゲート《フレガート》なら徴発できる。ブリュメール。型は古いが時化《しけ》には強い、いい船だよ。どうせ作戦本部は必要になるわけでね。君が予想している現象が実際に発生するとするなら、移動できた方が何かと便利だろう」

それはまあ。そのフロレアル級十番艦が、時間方向にも移動でき、速射砲で特異点をピンポイントで撃ち抜けるとしての話だけれど。

よろしい決まりだと、軍人さんは校長の方へ振り返る。校長は拳に額を押し付けたまま、ひとつ大きく溜息をついて頬肉を縦に揺らしてみせた。

「認めます。浸透し、把握し、法螺《ほら》を吹くことにおいて、彼女の才能は十万人に一人くらいのものだ。どうせ私に拒否することはできないのだし」

その数字は、大体七万人ぐらいの私みたいな生き物が地球上に存在することを意味している。結構いい線いっているのではないのかな。うち九割が戦争や貧困や底の知れない悲惨な境遇に置かれているとして、残り七千人ほどが実動できる馬鹿者たちということになる。

「だからこそ、彼女にはもう少しゆっくり自分を見つめる期間を用意してやりたかった」

こんなところで愛の告白を受けるとは予想だにしていなかった私は、目を見開いて校長を串刺しにする。この戦争が終わったらね。保護色に身を包んで、そんなところにいるとはおくびにも出さなかった保護者さん。

「話が決まれば」

軍人さんは校長の肩をばんばん叩き、忙しくなるぞ、そうは言ってもこれは無理だな最高だ等々、独創性のない台詞を呟きながら戸口へ向かう。私が鴨の雛鳥よろしくその後をついていくことに疑問は持っていないらしい。それで間違いはないわけであり、何の問題が発生するということはないのだが、釈然としないことも確かである。

その前に私の方からも一つだけ確認をしておきたい。

「ひとついいですか」

校長室のドアを蹴り開けようとしていた軍人さんの脚が止まる。

「私の計算の予測するものが、現実の脅威に繋がったり解決したり余計面倒なものにしたりすると判断した方の名前を教えて頂けますか」

ん。と軍人さんは頭の上で迷子になった帽子を探すような素振りをしながら振り返り、にやりと嫌な笑顔を寄越す。

「ロンドン。レオナルド・ロンドン。教授」

あいつなんだ。口の中で舌打ちをする私に軍人さんは小首を傾げてみせる。

「知り合いなのかね」

「むしろ一生知り合いになりたくないタイプ」

別にね。その人本人を知らなくとも、人を嫌うことはできるのだ。そいつが生み出した理論が嫌いだという理由によって。いつも他人の尻馬に乗るばかりで自分の頭を使うことがないくせに、成果と立ち回りだけは派手なただの俗物。

「業績はまあ評価しますが、よくあれだけ退屈な作業ができるなって。閃きがない。重箱の隅から虫をつつき出すのが得意なだけで、機械にまかせて自動化しても構わないような仕事しかしていないのに、宣伝上手。一緒に仕事をしろといわれたら、互いに苛々しっぱなしでしょうね」

言い切る私に軍人さんは真面目な顔つきになり、背筋を伸ばす。

「それは非常に難しい問題を産み出しかねない不幸な予想だな」

無論、大人の対応を心がけてくれるだろうねと念を押す軍人さんは、組織の運用というのはなかなかそれだけで回るものではないのであって、廊下を磨き続けることで有能な職員が誇りを持って働けることを喜びとする清掃員がいるわけであり、と何故だか急に小さくなった声で歯切れ悪く呟き始め、面倒くさくなった私は中指と人差し指を突き上げながら、首を左肩にくっつけるようにして頷いてみせる。

「甲斐性のある王子様を連れてきてくれるなら、蛙とだってキスしてみせます」

よろしい、と力強く頷いて、軍人さんは足音高くこちらへ向けて歩み寄り、巨大な右手を差し出してくる。ところどころ長毛の飛び出している毛虫めいた五本の指から人差し指を選《よ》り分けて、親指と人差し指で持ち上げてみせる私を、軍人さんはこれは女子高校生の間で一般的な習俗なのかと判ずるように観察している。そんなことあるわけがない。ただの嫌がらせというものだ。

「それではよろしくお願いしよう。アガート。アガートと呼んでも」

うぃ。御意のままに。

「ロンドン。レオナルド・ロンドン。恥ずかしすぎてもう白馬には乗れないが、甲斐性もちの蟇《ヒキガエル》くらいに思っていただければ幸いだ」

軍人さんは巨大な目蓋を片方瞑《つむ》る。

ええと。私に欠けているものが、人を見る目だけじゃないってことはもう説明しておいたんだっけ。

□□□□

□□

□

□

一本のハイウェイが視界の向こう側まで続いていて、大きく左にカーブしていく。通例どおりに、前が未来で後ろが過去。前からやってくるものが未来であり、故に目は前へ向かってついている。前方に並んで配置されて、前しか見えない。首を振っても捻《ひね》っても、前にあるのは常に前だと決まっており、背後霊が常にあなたの背後にしかいられぬように、あなたの前には真っ直ぐ続く未来だけが続いている。カーブはいつも知覚できないあっちの方へ曲がっていくと決まっている。

だから、カーブを通り越し、視線は真っ直ぐ進んでいく。カーブに構わず、空想の道はただ真っ直ぐ伸び続ける。曲がり角に気づかず直進する未来の姿は先へいくほど精彩を失っていき、緻密さをどんどん欠いていく。ひたすら続く荒野に飢えて餓《かつ》えて一面に広がる雪原に体温を奪われて、行進する空想が次々と倒れ伏していく。一つの空想が倒れるたびに、空想の中の風景から空想の設定が間引かれていく。取り残された空想たちは右往左往してその修繕に取り組むのだが、どうしてみても手は回らない。

現実と空想を判別する一つの基準は、設定の網目の精巧さに求められる。実現空間と可能空間の区別も同じ。宇宙と架想宇宙でも変わるところは別にない。この宇宙ではこの机の上に林檎があり、あの宇宙ではあの机の上に林檎がない。この二つの可能な宇宙が滑らかに繋がっているものであるならば、その林檎はだんだんに消えていくのか、それとも、一、二回の大きな差し替えの間に消え失せるのか。中途半端に消えつつある林檎が存在する宇宙が、ほんの少数しかないというのなら、林檎は林檎というものとして強靭なのだということになる。それはきっとそうなのだろう。林檎も林檎の樹も、梯子も枝の鳥の巣も、きっとそのもの単体でイデアのように強固なものではあるのだろう。それが人にとってのイデアにすぎぬというところさえ認めるならば。設定の抜け道をすり抜ける危うい技術に侵食されて、空想の網目は静かにほつれ綻んでいく。

直角に交わる二本の直線。その交点で両親は出会う。出会った。出会うだろう。もしも出会わなかったとしたならば。出会いません。そして別れる。

過去から未来へ向かう直線。未来から過去へ向かう直線。それぞれの線は、カーブの手前より発し、先から発し、荒野で交わる。

過去から未来へ伸びる直線は、法則に則って予測された未来予想図。未来から過去へと伸びる線は、来歴を失った未来からの空想線。交わって手を握り、お互いを脇から支え合う二つの空想。この比喩がいかに喩《たと》え話の中であるにせよ、どれほど確率的にありえない出来事であるのかは、時間が二次元平面上をのたくるものではないことから明らかだ。だから多分ここには、その実現が起こりうる理屈を付け加える必要がある。

起こりうることは全て起こりうる。等しく起こるわけではないにしても、いつかは起こる。それは全くその通りだが、程度の問題ということはある。人が壁に衝突してそのまま通り抜けてしまう確率は零よりほんの少しだけ大きいように出来ている。そんな宇宙を想像することができるからにはそういうことになっている。しかし人一人が壁を抜ける確率よりは、人が瞬時に移動をしたり、見る間に崩壊したりする確率の方が余程高いことは言うまでもない。だから偶然にせよ壁抜けだけが起こるとするのは、それ以上に発生しそうな無数の事象が一切起こらないことまでをも含意している。周囲をとりまく、余程起こりそうなことが起こらないのに、それより更に奇妙な事態だけが発生する。そんな実現の確率は当然、奇妙な事態単体の発生確率よりも更に気が遠くなるほどに小さくなる。

だからここには何かの法則か奇蹟を付け加えておくべきであるということになる。

そこに登場するはずの法則がどんなものなのかは知られることが期待できない。既に存在している法則の網目をすり抜けて、そんな種類の法則が存在しうることまでは実証済みの事柄である。その法則は、とある物質に作用する。ところでそんな物質はどの宇宙においても未だ発見されたことがなく、故にその法則の性質は知られていない。

法則は長年、その物質の運動を支配してくれようと手ぐすね引いて待ち構えていたのだが、存在していない物質の方はそもそも存在していなかったのだから、待ち人が来る理由もまたなかった。これではいかに無体な法則とても手を出せない。その法則は思案の果てに、そんな物質を産み出す法則を探す旅に出ることになる。

勿論その探索は失敗に終わるわけであり、故にその法則を知る術はない。法則が知られていなくとも物質を手に取ることはできるのに、逆は不可とは不公平だという見方はある。法則の方でも最大限に非を鳴らしてはみたのだが、周囲で急ぎ働く法則たちは、そんな声には耳をかさなかった。法則には耳がないと広く言われる由縁である。

作用するものを欠いた法則。奇蹟とかいうものの性質には非存在が含まれており、これ以上なく性質《たち》が悪い。


かつての過去からかつての未来へ伸びる線の向こう側では、無数の特異点たちが無限小の距離を挟んで渦巻いている。またの呼び名を特異塵。

そのダンス会場を回避しようと二十一世紀は強引に舵を切ったというのが、通俗的な解説である。解説というものが大概そうであるように、こいつもまた一般受けを狙ううちに抜け殻となった文章に近い。嘘とまではいえなくとも、言葉が全く足りていない。その未来は既にカーブを曲がって先へと突入してしまっており、これはもうほとんど超未来的な出来事といってしまって構わない。その未来にとっての真の過去とは、カーブを曲がるなんて可能性を想像することさえ叶わずに、虚空を真っ直ぐ突き進んでいった未来にとっての過去である。だからかつての二十一世紀も、その直線に乗って進んでいってしまったってことになる。淵へ向かって突貫をしたかつての過去は、カーブした先の未来から振り落とされたと非難の声をあげている。カーブした先の方から言わせれば、振り落とされたのは自分たちの方だという見方も成り立つ。

何の解説をしているものなのか、可也のところ不明だろう。そうなることが知られているので、この解説は開陳されることが稀である。解説が不明となってしまうのは、全くの不明によるものだが、解説の判り易さと真実の度合いの間には先験的な相関がないのだから仕方がない。真実が自明なものであるのなら、探索をする必要が最初からない。そもそも小さくまとまってはいない真理を核だけ取り出す方法はない。オッカムの剃刀を振り回すのも結構ながら、その論法を振りかざす者が、剃刀を振り回しているのは人間自身であることにほとんど注意を向けないのは、一寸ばかり奇妙な光景のように思われる。オッカムのウィリアム自身の振りかざした剃刀が、神の存在を証明するのに利用されたことは何故か忘れ去られている。

語るに余計な存在は、剃刀によって切り落とされるべきである。故に剃刀が神である。

何かの理解が、坂を上るように順序よく進んでいくという保証も全くないのであり、それでは真理は平原の果てに急激に立ち上がる台地のように存在しているのかと問われて覚《おぼ》束《つか》ない。突発的な理解というものは往々にして生じえて、生じてみるまでわからない。突発的な理解がいつ訪れるのかについて徐々に感得されることはほとんどなく、崖を登ってそこが恐竜の楽園であったりする可能性をあらかじめ否定する論拠もありはしない。

ターン。勇壮にして悲壮なその試みが実際に何かのやり方で成功したことを否定しようというのではない。ただその理解の度合いが、過去においてまだまだ未熟なものであったことをここでは指摘しておきたい。それが成功してしまったこと。全く間違った理論であったにもかかわらず、結果の一致したターン前後の二つの計算。その両者の間に架かる橋は発見されておらず、見つかることもなさそうである。二十一世紀初頭におけるその理論が正しい結果を導き出すのは、ただターンに関してのみだったということが知られている。二十世紀初頭、原子実在論者ラザフォードが古典力学から算出した原子の散乱断面積の一つの表式と、量子力学的に算出された散乱断面積はたまたま一致をするのだが、そこには、どちらもそれなりにもっともらしいという以上の連関はない。

あるいは橋は落ちてしまっていて取り返せない。

一人の人間が着想した何かの理論。そんなものが、真理の名の下に世紀の進路を曲げることが可能なのか。答えは否だ。そんなことができるはずもないことは、現代科学による長大な論証を持ち出すまでもないだろう。真理とその実現の間には膨大な労力と偶然が横たわっている。真理の方が、それほど真理真理した真理ではない場合には尚更だ。

だからこうなる。時間線は誰かに枉《ま》げられたということなく、人の意志に関係なしにあらかじめターンを打っていたのだ。この間の議論は錯綜しており、最終的に導き出される結論は、俄《にわ》かに受け入れられるようなものではない。その事情を記述する理論は、一応一つの理論から発しており、曲解の繰り返しを以て発展していく。曲解の極限を一つ乗り越えたところに今の我々が腰を落ち着けている理論はある。あるいは、悪名高きドートルクールのパラドックス。相矛盾するものは同一のものを意味している。我々が現在辿りつているのは、そんな理論だ。

帰結はこうなる。

この時間湾曲は、意志されたが故に、意志されたかどうかに関わりのない時間構造として、左曲がりに発生していた。

登りきった梯子を無造作に蹴倒してしまうこの形式は、今の我々にも厳密な取り扱いの難しい奇妙な概念群を多数派生させている。実現方法を持たぬまま、この種の理論が存在しうることを予見した過去の偉人にあやかって、この中心概念は現在、エックハルトの原理と呼ばれている。

こんな種類の解説が、ともかくも思考可能であることはとても奇妙なことに思える。想像できないようなものに比べれば無茶苦茶さにおいて遥かに劣る空想とはいえ、何が何やら腑分けることが困難である。

それでも、こう言うことはできるだろう。テクノロジーによって語る者がテクノロジーの限界を語ることは滑稽だ。テクノロジーと呼ばれるものは矢張り誰かが先人を継いで開発したものなのだから。千年も以前から絶えることなく、今こそが人の滅びる千年目の冬だと言われ続けていることを思い起こしてみても良いだろう。この千年期からして既に、一つの千年期が永久に終わりを迎えたと宣言されて久しい地点から発しているのだ。

一年後に狼が来て村を滅ぼすと、少女は十七年間言い続けた。このお話は、思いつきで嘘を吐《つ》いてはいけませんという微温的な教訓として受け取られるべきものではない。十七年間、狼の群れに喰い散らかされ続けて尚、自分が喰い殺されたことにも気づかずにいる善良な村人への嘲笑的逸話とされるべきである。

だからこうして語られた解説も将来的には、本質をはずした、ただの戯言《たわごと》へと草臥《くたび》れていくことが避けられない。まるきりの嘘と斬り捨てるほどのことではないが、本質を衝いているとも言い難く、間違いではないが迂遠《うえん》である。どちらかといえば、よくその程度の小船で荒波を越えてこられたものだと目を瞠《みは》らせる種類の冒険に似る。

先走りすぎだと言われるだろうか。まだ生まれてもいない癖に、物知り顔に嘘っぱちを並べて臆面もない。恥を知れって？　勿論。機会が与えられればそうさせてもらう。だから当然、次は再び、両親のターン。我が懐かしき両親《ふたおや》の、まだ見ぬ思い出。

吾輩はガーンズバックである。名前はまだない。

♀—□□
—□
□
□

「待って、一寸待って」

左手を額にあてて目を瞑り右手を闇雲に突き出してみて、僕は少女に制動をかける。少女が一体何を語ろうとして、これから僕は一体何を語ろうとしているのか。自分が語ろうとしている内容は理解している。理解しているつもりではあるものの、併走するものが異常にすぎて整合的な全体像が見えてこない。A《アリストテレス》の肩を非A《ナル》が馴れ馴れしく叩き、兎《と》に角《かく》全部駄目なことだけがはっきりしている。矛盾を時間的に繰り延べていくブラウン代数。それが完全にブール代数と等価なことは知られているのに、何故別の名前で呼ぶ必要があり、そこに神秘的な意味を付け加える必要があるのか、僕には全くわからない。神秘の名を叫びたいなら、何にもよらずに叫べば良い。全ての順序が滅茶苦茶に入り混じってしまっており、何が何やらわからない。

「何」

少女は、今頃そんなことがわからなくなったのかという醒め切った表情をこちらへ向けている。そうは言っても、ええとこれは。どこから何をどう取り繕えば、このお話は終わることができるのだろう。ここは僕の作り出している架想空間。協同的な空想たちが力尽きて倒れ果て、詳細設定さえもままならず、ぎりぎりのところで存在しているように見えるだけの、特異塵近くの探査未来像。

「可也待って」

「待っても多分、何も変わらないけどね」

少女は肩をすくめてみせる。

少女然としすぎた少女。こんな少女がここに出現しているのは、僕が想像できる程度の少女が馬鹿げた紋切り型の枠を超えることができないせいだと思っていた。もしかして全てが根底から違っているのか。僕は大きな空気の塊を一つ丸ごと飲み下し、平凡すぎる問いをようやく発する。

「君は、誰だ」

「ガーンズバック」

それは聞いた。

「ヒューゴー・ガーンズバック」

やる気に欠けた少女の名乗りに、僕は確《しっか》り目を瞑り直して眼前の光景を追い払う。まあ待て。落ち着け。自分は何を知っているはずであり、何を知らないはずなのかを整理しよう。勿論、その前に問い詰めておくべきことは色々ある。いかに架想の中の出来事とはいえ。

「何で人の夢の中に、女の子の姿で登場するのよ」

「自分だって男の子の姿でここにいる癖に」

少女はスカートを払いながら立ち上がり、着慣れぬ服を落ち着かせようとするように体を揺すってこちらを見下ろす。僕はぐっと言葉に詰まるが、そう言われてもこれには本来、他人に話すことのできないような、長い長い、完膚なきまでに筋の通りまくった退屈極まりない説明がある。僕だって好きでこんなことをやっているわけじゃない。結構好きでやっている。自分の家の庭を見回るのに正装しなければいけないという法はこんな未来にはないのであり、闖入者《ちんにゅうしゃ》に非難される謂《いわ》れはない。単なる趣味だ。

「別に非難なんてしてないけど」

腰に手を当てて仁王立ちしている少女を僕は眺める。勿論、この少女は全然僕に似ていない。無論、この空想を形式的に実行している方の僕に似ていない。

「で、一体何をどうしたいのかな。アガート君」

「何で私の名前を知ってるのよ」

「自分で名乗ったんじゃなかったっけ」

少女はそんなことはどうでもいいというように爪先を軽く蹴り上げる。

それは自分の空想を相手にしては決して教えるつもりのなかった話であり、彼女に、彼にそれを伝えた記憶は微塵もない。魔物には真の名前を知られてはいけないのであり、僕たちには名前が一つしかない。読んではいけないとされるお話を、僕はこじあけてまで読もうと思わない。そんな種類のお話の中で一時的な興味に負けた人々にどんな運命が降りかかるのかは有名だから。運命を冒瀆した者たちには、結局、何も起こることがない。

どこの僕から聞いた話なのかと詰め寄る僕に、少女は人差し指を一本立ててみせ、その指先が僕の胸に突き当たる。一体何がどこまで重ね描かれて、上書きされてしまっているのか判断のつけようがない。

「一体どういうことなのか説明して」

「大体そんなようなものなんだと思うけど」

睨みつける僕へと向けて、これはそんなに珍しい話じゃないと、少女は前置く。

「一つの特異点を通り抜けて、気がついたらこの姿でここにいた。角砂糖の一辺に腰掛けて途方に暮れていたら、男の子の姿をした女の子が声をかけてきて、そしてついでに僕らの子供がいつかはやがて、こんな事態をとりあえずにせよ解説してくれるらしい。なんだかそんなような話なんだと思ってた。何か変なことを言ってるかな」

変。

変。変すぎる。男女入れ替え叙述トリックが鎖骨の窪みで茶を沸かして、あまりのいい加減さに憤死しそうだ。何もかもが変でおかしくて、全然意味が通っていない。

「でも、こっから先の未来の方じゃ、こんな程度のことは箸が転がるくらいの出来事なんだな。なんといっても、花嫁って名前のトヴェフスキー特異点に侵略されている未来なんだから。この話はきっと、それが始まった頃のお話ってことになるんだと思う。違うのかもね。それでも、あれが起こるためにはこれが起こっておくべきであるってくらいの脈絡は、特異点にも維持するつもりがあるみたいだけど」

「どんな理屈で、何が起こっているかの説明はないの」

少女は首を傾げてみせて、僕たちの真っ直ぐ進む未来とはすれ違っているはずの過去の歴史へ接続する。僕たちの未来とすれ違った、別の未来から過去へ遡行している彼女にとっての過去の歴史、つまりはこれから僕が向かうべき未来へと接続をする。僕はなぜかこの少女が何かに接続されていることを知っている。

「多分、この時代の多宇宙理論。量子力学と様相論理の奇妙な混合物のあれ」

その計算は今のところ知られていていない。何故って、それは僕が発案した三つの計算の、特に秘された一つだから。それがこの空間を成り立たせている僕の計算なのだから。

「その理論が間違いであるってことは、もうすぐ知られることになる」

第三の、誰にも明かしたことのない計算がそう非道く間違えているわけがないことは、こうしてここに少女と僕が存在できていることからも明らかだ。

「そいつは、量子力学っていうのは、古典力学に従う無数の宇宙を重ね合わせて出てくるものだという例の解釈を基礎にしている。量子力学に量子論理と様相論理の意味論を無理矢理和《あ》えて食べ物なのだと言い張ったのが、なんだっけ。なんとか理論」

そう、それが今ここで僕が実行している計算。誰にも秘密で、誰にも明かすつもりはないので広く認められることは決して起こらず、この宇宙での名前がつくことは多分ない私の切り札。

「でもね、その理論は間違いだった」

「それはあなたが考えているより遥かに深刻な事態を引き起こすことになるんだけど」

今僕がここにいるのはその理論によるのだから。

「現実っていうのは、いつもそういうものだよね」

この少女みたいな生き物かも知れないものは、根底が覆されることに対しても、特に感概は持たないらしい。生まれのせいか育ちのせいか、それともその両方なのか、そのいずれとも関係のない、ただそのままの性格なのか。

「明瞭《はっき》り言って」

「再発見されてしまうんだな。量子力学が。量子力学のほんの可能性の一枚にすぎないはずの、古典宇宙で」

「待って」

一寸可也大分いつもより大目に待って欲しい。

あまり正気とは言い難い解説によれば、量子力学という点の下には、古典力学という点が無数にぶら下がっている。無数の点を可能性と勝手に呼んで、無理矢理寄せ集めて統一的に記述したと言い張るのが量子力学。だから量子計算は高速なのだとその解説は主張する。無数の古典的計算を束ねて一挙に扱うものが量子計算なのだから、速くて当たり前ではないか。ただし寄せ集め方には相互の兼ね合いというものがあり、計算速度が暴走することは起こらない。あっちを押せば、こっちが引っ込む。

念のため。この解説は漠然とした納得の役には立つのだが、あまり実のあることを言っていない。そこのところ、ちょいちょいと更に無茶を施したのが、僕が懐に匿《かく》し持っている超馬鹿計算。空想によって無数の仮想宇宙に橋を架ける、論理的トラベリング。

「もう一回言ってもらえない」

「量子力学の可能性の一つでしかないはずの古典的可能宇宙の内部で、量子力学が発見されてしまう。つまり古典宇宙もまた、古典宇宙の重ね合わせから出来てるってことになる」

それは。

短篇の末尾で何の伏線もなしに開陳されていいような話題じゃない。そういう無茶苦茶な超絶馬鹿理論は、色んな作劇作法的見地からして、長年大事に温められて緻密に準備された長大な宇宙的叙事詩の中に哄笑と共に登場するのが相応《ふさわ》しい。

「そんなことはどうでもいいじゃない」

慣れの問題だと思う、と少女は全てを受け流す構え。どうでもいいことなんかじゃない。落ちとか落としどころとか落とし前とかこっちにだって都合がある。人類の未来で口を開けている、巨大なぶっとばし落ちだって、こんな不手際には顎をはずしてしまうかもわからない。

こんな種類の脱力落ちをなんとか着地させる方法の持ち合わせが僕には一つしかない。

「まさか、この全てが予告篇だとか言いだすつもりなの」

「認識できることは大概何かの予告篇なんじゃないかな。たまに、全ての予告篇の続篇が書かれることはあるけれど。でもそれはあんまり趣味じゃないな。どうせそれだって予告篇ってことにされてしまうんだし」

「待ってよ。こんな終わり方ってないじゃない」

この未来を覗き見ている全ての人が今まさにそう思って、投げつけるものを見つけようと辺りを手探りしているはずだ。ええと。こんな事態を引き起こした犯人はこの少女であって僕ではない。苦情と生卵の宛先はこの少女へと向けて欲しい。こんなことにまで僕は責任を背負いきれない。手元が狂ったという話であれば話し合いの場を提供する。

「大丈夫」

何がだ。この期に及んで大風呂敷を無限に広げて、何をどこからどう申し開いて、何の許しを乞えるというのか。量子力学の下位の古典力学を偽装した量子力学だって。この少女を放っておけばどうせまた、その量子力学はそのまた下位の古典力学の寄せ集めと考えることができて以下同文とか主張しだすに違いない。

それがどんなに無茶苦茶な理屈なのかに説明が必要だろうか。多宇宙解釈なんてものは、解釈という呼び名から知られるように、同一のものの別の見方であるにすぎない。一本の数式を肴《さかな》にしてベクトルの所有権を云々している哲学者たちの縄張り争い以上のものではない。量子力学が完全なものではないことは随分と自明のことに属している。お前は量子力学を理解していないだって。不完全な理屈を完全に理解したからどうだというのだ。その全体が全体的に間違っているとされた場合に、金科玉条を振り回していた人々は、さっさと宗旨変えをするのだろうか。無限次元ヒルベルト空間の無限次元方向への拡張なんていう仕業にさ。よろしい。とりあえず完備性を証明して見せてもらおうじゃないか。

「こんなことはこの一回しかしない。これで最後にする。誓う」

「こんなこと、何度もやられてたまるもんですか！」

それは残念、と少女は僕の突き出した拳を片手で受け止め、涼しい顔で手抜きの空を見上げている。その空は全てを分解し、得体の知れないオートミールへ置き換えてしまう特異塵の成す壁から構成されている。

「そろそろあなたも、あなたの過去に戻った方がいいんじゃないかな。これから色々大変なんだと思うんだ。伝えることになっていて、伝えられることは全て伝えてしまった気がするし、伝えていい以上のことまで伝えてしまったような気もしてきたし」

そんな長閑《のどか》な話じゃないだろう。

「これからあなたは、あなたの理論で特異塵の配置を見定めて、どちらの方向に舵をとるのか決めて、どうやって舵をつくるのかを考えて、まだ間に合ううちに、舵を製作することになるんだし。そう意図されたせいで、そう意図されたかどうかに関係なく実現されていたことになるターンを実現するためにね」

御都合主義だ。こんなこと全てが度を越した御都合主義の連続じゃないか。大体何故、ここにいるのがこの少女で、こんなことが起こった記録が他に存在していないのか。この世には四捨五入して十万人くらいの僕みたいな奴がいて、どこかの未来から不発特異点に飛び込んだのは、なにもこの少女が最初ってわけでもないだろう。そんなことを実際にやってみるのが百万人に一人だとして、というのは、兵役についているのが人口の数パーセントだとして、うち一割が先陣だとして、そのうちの千人に一人がこんなことをするとしてだが、総人口が百億あれば、一万人がそんなジャンプを試みているはずだ。こんなことが発生しうるなら、それはありふれた出来事に決まっている。

それとも、とあっけにとられる僕へと向けて、少女は一寸寂しげに頷いてみせる。

百万人のオーダーなのか。この少女がやってきた宇宙の総人口は。僕にはそれを実際に口に出して訊いてみて、答えを受け止める勇気がない。そんな開き直った勇気を持ちたくない。

花嫁とか呼ばれる、地表に突き刺さる特異線としてしか存在できない過去への道。そこに放り込まれた何かの生き物。僕たちの時間線と、この少女の時間線はここでこうして交叉して、僕にはまだ戻る過去が存在している。僕はただ空想の力でこの線へ手をかけているだけだから、ただ目醒めてみせるだけでいい。で、この少女は一体どこへ戻るっていうんだ。通り過ぎる弾丸は、通り過ぎて一体どこへ向かっていくのか。

「助けはあんまり期待していないから、そう気張らず」

少女は落ち着いた声で告げる。絶望とか希望とか、そんなものとは余程縁遠く育ったらしい。

「一緒に戻るって方法は」

「普通に考えればないだろうね」

それはまあ、多分ないことはわかっている。空想から現実へ何かを物質として持ち帰ることは誰かによって禁止されている。でもまあ落ち着け。僕たちの子供、子供ってことはあれだろう。そこには何かが起こるんだろう。僕たちがまだ何もしておらず、何かする時間もなさそうな以上。

それは、と少女は口ごもる。

「そうなのかもね」

悪戯娘のように微笑みかけて、全てをこちらに放り投げる。そうですか。そうなのか。そうですね。そういうことになるしかないね。

「そんなことを『全部』これから私一人でやらなきゃいけないわけね」

「別に、一人でやる必要はないんじゃないかな。君が僕らの未来を作り出すことに成功したら、僕も手伝うよ。そう、『僕たちの子供のために』さ」

完全に他人事の発言だ。男っていうのはいつもそうだ。

「わかったわよ！」

「まあ色々大変だとは思うんだけど」

頑張ってよ、と少女は僕の髪をぐしゃぐしゃかきまわす。

「どうせただの夢なんだから、そんなに気にする必要はないよ」

そんな種類の夢落ちを、僕も少女も期待していない。

「待って。もうひとつだけ訊かせて」

君はまるでコロンボみたいだと少女は言って、どこかへ翻《ひるがえ》しかけた動作を中断させる。

ターンの先でもあのオンボロ刑事の伝説が生き残っていることを僕は知る。まあもとは天使だったというのだから、そういうこともあるのかも知れない。

「私たちの子供を産むのは、空想の中のあなたの方なの。現実の方の私の方なの」

それがいわゆる子供として知られているような子供だとして。ターンの先の未来において、子供とは一体何を指すのだろう。

それも、と少女は、肩の高さに手を差し伸べて、さよならを告げるようにひらひらと振る。まるでさよならを告げるようにひらひらと振る。

「まだ決まっていないことに決まってるじゃない」

こんな無体でいい加減な少女をどうすれば好きになることができるのか、僕には全くわからない。好きになれそうもないって意味じゃない。そんな単純なことの遥かに手前で、僕は色んなことを捉えそこねていて、取り違えようがあるはずもなく、間違うとか以前の問題だ。惚れようにも腫れようにも懸想《けそう》しようにも、この少女だか少年だかは何かの意味でまだ生まれてすらいないのだし、どんな理屈で少女と僕が再会できるのか、どうにもこうにも予想がつかない。僕たちは何にも拒絶されてさえいない。

ところで、ね。

今一つ頭に浮かんだ発想がある。

特異塵なる存在も、実はこの遭遇が発生したことによって生まれた、派生物の方だったりはしないだろうか。一度何かが交叉したことで、それからも交叉を続ける破目に陥っている構造を僕は一つ知っている。名をヘテロクリニック軌道。本当にあるんだよ。この世の中には、そんなものが。ストレートたちの雑交場の名前ではない。

僕の想像の中で、二本の刺繡針が絡まりあって踊りながら珍妙極まる文様を縫い取っていく。布地の裏から表から、無数に突き刺さる糸が平面をセパラトリクスで切り分けていき、布地全体に巨大な湾曲を産み出していく。

もしもこの着想が真実の欠片の影くらいのものであったとしたら、僕たちの出会いは全可能宇宙規模で傍迷惑なものだったということになる。こんな着想がただの空想であることを僕は知っている。そして僕らの子供たちが、こんな解釈を無邪気に乗り越えていってくれるだろうことも。

子供たち。

そう、この際一人といわず、子供たちを世に放つのがいいんじゃないかな。それが、僕の子供と名乗る、上から目線の何かに向けた、未来へ向けた僕の復讐。親を舐めてもらっては困るのだ。さあカイン。送り込まれる無数のアベルの呪いに苦しむがいい。

♂

♀□

□

□

□

「アガート！　アガート！」

ドアを叩く中年男の声にアガートは目を覚ます。ベッドに半身を起こして、カーテンの向こう側のこちらを見つめる。

「アガート！」

極度の集中から固く握り締められていた両手の指をこじ開けようとして、全ての指が握り締められてしまっていることに気づいて癇癪《かんしゃく》を起こす。拳を二つ擦り合わせ、かろうじて突き出すことに成功した親指を使って一本一本をこじ開けていく。広げ終わって、そこに広がるのがただの汗ばんだ手のひらであることを確認してアガートは苦笑を洩らす。とある法則に従う秘密の物質がそこに忽然と現れることを、アガートは全然期待していなかった。本当に全く全然そんな助っ人の登場を期待してなどいなかった。

出現するに相応しい奇蹟的な新物質なんてその世にもアガートにも必要がない。そんなものはどうせ事態を悪化させる役にしか立たないに決まっている。角砂糖とか。何かを誓い合った思い出のペンダントとか。

「街の中央に着弾した」

「着弾!?」

中年男の声に、アガートは布団を跳ね除けて飛び起きる。ドアへ向かって駆け出しかけて、ワードローブへUターンする。早すぎるし予《かね》てからの推測とは場所が全然違っている。もしかして自分が狙われているのだろうかという想像をアガートは両手で頭の中から払いのける。自分はただの小娘にすぎない。有難いことに、地上に七万人くらいはいそうな、平凡な一人の人間の娘にすぎない。未来に目をつけられるような謂われはない。そんな脈絡は断固拒否する。ここに一つの奇蹟が最初から始まってしまっていて、どう考えてみても二つは多すぎる。

「結構な混乱が広がり始めている。一旦港へ退いた方がよさそうだ」

もしも着弾したものが、アガートが予想していたとおりのものだったとしたら。街はパーティに飲まれるだろう。死ぬまで踊り続けるしかない、もしかして死んでなお踊り続けられるしかないパーティ会場に。そう。街はパーティに飲まれることになる。祝福されざる花嫁が動物園で開催する押し売り結婚式会場に。

この現象は薄れていくということが決してなく、どんどん意味不明に鮮明になっていくばかりと決まっている。初期の現象がそう認識されるまでに失われた人命の桁は未来の記録から失われてしまっている。

「わかった、五分待って！」

アガートはジーンズに脚を突っ込みながら、机の上に広がるノートを畳む。

「三十秒待つ」

「わかった！」

計算のどこが間違っていて、どこからをどう書き直すべきなのか、アガートは複数のサブルーチンを並列展開する。何にせよ、サンプルが得られることは有難い。たとえその現象が、ロンドンやアガートみたいな偏頗《へんぱ》な人間にしか、起こっているとさえ知られることのない現象であったとしても。アガートの中に展開された架想ディスプレイを、膨大な数の計算式が滝を打って流れ落ちていく。

とりあえずさよなら。ヒューゴー。

アガートは鞄を袈裟がけにして、カーテンへと向き直る。右腕を持ち上げ、肘のところで折り曲げて指を伸ばし、手首を少し外側へ曲げて親指の付け根をこめかみにあてる。悪夢の中に漂いながら、私を待っていてくれれば嬉しい。その時には今よりもう少し、この世界に何が起こっているのかを、もっともらしく説明できることを祈っていて。

「アガート！」

ドアを勢いよく開け放って廊下を駆け出したアガートをロンドンの声が追いかける。

「出口はこっちだ」

アガートは踵を鳴らして急旋回。片手を控え目に持ち上げて待ち構えるロンドンとすれ違い様、右手と右手を打ち鳴らす。

できれば、何も祈らないでいて。

私にそれができるなんて、信じないで。

大丈夫。その声が届く限り耳を澄ませて聞いているから。

そして、アガートは乗り換える。フレガートに。

What is the Name of This Rose?

What Is the Name of This Loser?

したがって、わたしが語る内容は、見たものでも、経験したものでも、聞いたものでもなく、存在するものでも、考えの及ぶ限り存在しうるものでもない。読者の皆様におかれてはこのお話を全く信用なさらないよう、衷心からお願い申し上げる。

——ルキアノス『本当の話』

解説だ、当然のことながら。

I

話は一年ほど前にさかのぼる。その夜、大堂林恭甫と夕食をともにしたあと、わたしたち二人は互いを相手に長ながと議論していた。語り手が事実を省略もしくは歪曲し、さまざまな矛盾をおかすために、少数の読者しか——ごく少数の読者しか——恐るべき、あるいは平凡な現実を推測しえない、一人称形式の解説の執筆についてである。

その頃、大堂林はとある厄介な書物の解説を目論んでおり、というのはその写本を古書店の山の中から発掘してきて出版の計画をすすめていたのが大堂林であり、そのためには何としても解説が必要だと思われたのだが、そんなものを書きうるのは大堂林くらいしかいなかったからだ。

写本はいかにも奇妙な手触りの羊皮紙を束ねたものであるそうで、大堂林の作成した覚書によれば中には以下四篇の文章が収められている。

『愚者の言行録のアラビア語による写本』
『シリア語の写本でエジプトの錬金術の小冊子』
『カルタゴの司教にして殉教者キュプリアーヌスの饗宴に付したアルコフリバ師の注解』
『書き出しを欠いた書物で、娼の乱行やら娼婦の情事について記したもの』

順にアラビア語、シリア語、ギリシャ語、ラテン語で記されているのだという。わたしには完全にお手上げの難物だが、かつてはそれらの言葉を自由に操ることがまず、教養の基礎とされた時代が存在したのだ。中世期にはよくこの種の合本が、今となってはどうしてそれらの間に連関が認められたのかがもうわからなくなってしまった理屈によって頻繁に行われていた。

「あなたはもう既に、四冊の本に言及してしまっている」

深刻な口調で大堂林は語りはじめる。大堂林が持ち込んできた写本には四冊の本が含まれてしまっているのだから、わたしがその四冊の表題くらいをここに記すのは当然のことだとわたしは思う。

「解説を行うはずの文章で、更に解説されるべき対象を増やしてしまってどうするのですか」

わたしの心の裡の反論に険しい顔で論難してくる大堂林の口調には、しかし苦笑が混じっている。

「わたしが四冊の本と言ったのは、この中世の写本に収められている四冊を示すのではなくて、あなたが既にしてしまった引用の方です。この解説のタイトルは、レイモンド・スマリヤンの“What is the Name of This Book”のもじりだし、冒頭部ではルキアノスの『本当の話』からの引用が明示的に行われている。第一段落は、ホルヘ・ルイス・ボルヘスの『トレーン、ウクバール、オルビス・テルティウス』からのほとんどそのままの引き写しだし、写本に含まれるとされる四冊の本は、ウンベルト・エーコの『薔薇の名前』に登場する写本に含まれているものです」

「まあそれはそうなのだが」

わたしは早々に種を割ってしまった大堂林へと非難の目を向け、大堂林が故意に無視した事実を指摘してみせることにする。

「君は、四冊ではなくて五冊と言うべきだったよ。大堂林恭甫は、金子邦彦の『カオスの紡ぐ夢の中で』に登場するプログラムの人格名だ」

これ以上余分な書名を呼びだすことを避けようとするかのように身動きもしない大堂林は、トリックを饒舌に語りすぎた犯人に対面する探偵よろしく、わたしの工作が無効であることを宣言する。

「すなわち、ここでは既に五冊の本への言及が行われてしまっているわけで、〝禁断の写本〟との暗黙の対応を仄めかそうとするあなたの試みは、既に破綻してしまっている」

「そうかな。勿論、この本に収められた四つの短篇は、確かに君の持ってきたその写本に収められている短篇とは何の関係もなく書かれたものだ。実際わたしがその照応を検討しはじめたのは、結局自分で解説を書かなければならない羽目に陥った時点でのことなのだから。

しかし——意外にいい線をいっているとは思わないかな。

「Boy's Surface」は『愚者の言行録のアラビア語による写本』と言えないこともない。

「Goldberg Invariant」は『シリア語の写本でエジプトの錬金術の小冊子』と見えないこともないわけだ。その秘教的性質において。ホルヘはこの書物の内容をこう紹介していなかったろうか。アフリカの錬金術師のたわごと、とね。キリンや象がでてくるのはつまりアフリカではないのかな。

「Your Heads Only」は『カルタゴの司教にして殉教者キュプリアーヌスの饗宴に付したアルコフリバ師の注解』と強弁できないこともない。少なくともあの短篇は、一九九九年から二〇〇七年までの九年間の、わたし自身の生活への注解ではあったわけだから。それが饗宴的なものであったことは否定できない。様々の意味でね。

「Gernsback Intersection」はまさに『書き出しを欠いた書物で、娘の乱行やら娼婦の情事について記したもの』だろう。明らかに書き出しを欠いており、娘の乱行が記されているし、花嫁型をした娼婦の情事について描かれている。

　ときとしてそれぞれの国語の中で、別言語の呼び名が、意味のわからないものを示す単語として用いられることを考えれば、今や誰にも読むことのできない君の写本に含まれる四篇と、ここに収められている四篇の間の対応はそれほど的を外したものではない」

　わたしの反論に首を傾げて大堂林は几帳面に指摘していく。

「ゴルトベルク変奏《ヴァリエーションズ》曲と保存量《インヴァリアント》の駄洒落や、『読後焼却すべし《For Your Eyes Only》』の置き換えや、『ガーンズバック連続体《The Gernsback Continuum》』と『アインシュタイン交点《The Einstein Intersection》』の混ぜ返しの表題を挙げることで更に言及された本の数が増えていることは横に置いておくとして、ここでの議論の対象は本の冊数についてでしたよ」

「四冊の本の照応を仄めかすのに、五冊目の本が登場してはいけないだろうという先のあれか。どうかな。四冊の本を含む『薔薇の名前』は『薔薇の名前』という一冊の本だ。これで五冊というのはどうかな」

「それを言うなら、本書自体の題名も」

大堂林は、ここぞとばかり止《とど》めを刺そうと身を乗り出し、それが無効であることに気がつくと、眉を顰《しか》めて椅子に座り直した。黙っているのでわたしが語る。

「別に意図してそうしたわけではないけれどね。そう、本書の題名は『Boy's Surface』であり、それは第一短篇の名前と一致しているが故に、書名が増えることはない。そして君も気づいている通り、この解説を加えることで、ここに合本された本は五冊なのだということになる。四冊と四冊の照応が崩れたとして、まだ五冊と五冊の対応は残る。包含の形は異なるわけだが。おこがましいがね」

大堂林は両手の平を天へと向けて肩をすくめて降参してみせ、わたしは慰めるようにあとを続ける。

「しかし、本来意図されていなかった偶然の対応などというものを、数字を使って無理やりこじつける必要なんてないだろう。ここでは、教訓めいたというか、証明めいた行為が実行されたと考えるのが良いのじゃないかな。一度書かれてしまった本は決して閉じることができず、どれほど閉じ込めようとしてみても、どんどん増殖していくものなのだという事実に対する」

解説とあとがきは、参照文献の数を増やすが故に忌まわしい。大堂林は不貞腐れつつ、

「ひっかけましたね」

「当たり前のことだ。わたしは最初からこう筋道を運ぶつもりだったし、いかに君が優れた物語生成プログラムだろうとも、わたしの記すお話の中ではその力は大いに減ずる。登場人物が作者の意表を衝くなどということが可能だと思ったのかね。ここでは君は、わたしが意図し、認めた以上のことは喋ることができないのだから。さて」

君の掘り出してきたその本、世界燃焼《エピキユローシス》をかいくぐり、奇跡的にも再び世に出ることとなった禁断の書物の解説をして貰おうではないかと続けるわたしへ向けて、大堂林は不敵な笑みを浮かべてみせる。

「この写本、ですか」

頷くわたしへ、大堂林は写本を机の上に投げ出すと、片手で中ほどのページを開いてみせる。白い平面がそこへ広がりわたしを迎える。わたしは思わず大堂林の顔へと問いかけるように視線をあげてしまっている。

「当然、白紙であるべきです。ここが真実あなたの書いている解説ならば、あなたの知らない文字列が登場するはずはないのですから。もしもあなたがまだ目にしたことのない本を自分の文章の中に見出したいなら、自分でそれを書くしかないのです」

大堂林は哀しそうに、ひとつ呟く。

「そんなことも御承知なかった」

わたしが咄嗟に次のように返答したのは、半ば作者としての意地のなせる業だったとしか言いようがない。

「成程、道理だ。しかし、最初の『愚者の言行録のアラビア語による写本』についてなら、丁度書き終えたところだよ」

二人の間に横たわる本をわたしは指さし、不審な表情を浮かべた大堂林が大きく息を呑み込んで、慎重に写本の冒頭部を開く。そこへ記された『Boy's Surface』という文字の並びに手が止まる。

再び成程と発言したのは大堂林だ。

「では今進行している一年前のこの夜は、第一短篇だけが書かれてまだ他の三篇が書かれていない、一年前、なんですね」

「今そうなった」

「でもさっき、わたしたちは、残りの三篇についても話をしてしまいましたよ。そうして今、こうして解説を進めてしまっている」

わたしの答えは単純だ。

「そんなことを気にする者は、このお話を読むことなんてできないと思うよ」

そうかなあと口の中でもごもご言いつつ、大堂林はそこへ現れたわたしの草稿を読んでくれた。

「気に入りました」

と言ってもらえたのは幸いだった。

II

第一短篇がこの世に現れた経緯はこの通りだが、そういうこととなった以上、残り三つの短篇の成立経緯についても解説を行わなければならないだろう。正直、わたしは書きあぐねていた。一体何を書くべきなのか——既に話題にしてしまったお話を、もう一度新たに書き直す理由とは何であるのか、わたしはそんな疑念に捉われた。

そこで起こったことだけを簡潔に記す。あの一夜から数日後、封をした書留小包が大堂林からわたしに届いた。それは、大型の八つ折り判の書籍だった。そのページをめくり始めたとたんに、わたしは驚き、軽いめまいに襲われたが、それについて細かいことは書かない。これはわたしの感情の解説ではなく、『Boy's Surface』と題された書物の解説だからである。

本は日本語で書かれており、桃色のカバーの表紙と背には、以下の見間違いようのない文句があり、扉にも同じものがあった。『Boy's Surface』。

わたしはそこに収められた第一短篇が、自ら記したものと一言一句同じものであることを確認したあと、そこに含まれている残り三篇についての検討をはじめた。その際に作成したメモ書きは、運が良ければ本書のどこかでみつかるだろう。いつもと限った話ではないが、わたしは設計図をもとにお話を組むことが多い。そこへ収められたお話がわたしの手になるものならば、自分の作品の設計図をお話の方から再構築できるに違いない。お話が、その設計図からしかつくりえないものと見えたならば、それはわたしの――せめてもう一人のわたしの――手になるものと、個人的には納得がいく。

つまるところ大堂林とは、わたしの解説に登場する人物なのであり、わたしが記す人物であり、その人物が見出してきた文章などは、わたしの手になるものだろう。

文章の上に上書きされる渦巻き文様を、相互に相手を書き変えるテープにして同時にマシンを、直交する時間軸の概念図をわたしは描いた。もっとも最後のものに関しては、本文中にもその図が書かれていたわけなのだが。そこに不恰好に記された図は、小説は図のものではなく、文字のものだという主張をするのだろうと思われた。

わたしが書いたものであるなら、その全ての内容を自分で理解できるはずだ。当然そうであるはずだ。

たとえば、娘の乱行について記した第四短篇に登場するアガート。

「そして、アガートは乗り換える。フレガートに」

自分で書いたものであるから確信をもって断言できるが、このフレーズは、高橋源一郎の『さようならギャングたち』第一部のVの章題、「アガートは大好きさ、フレガートが」の残響と見なせる。

少し引用してみよう。


「アガート」と「フレガート」は美しい韻をふむ。

女の子とその恋人は、その日運ばれてきた子供たちのなかで、いちばんかわいらしい女の子の話をしながら「アガートは大好きさ、フレガートが」をする。


さて、ここからは直ちにコクトーの『恐るべき子供たち』が呼び出される。また引用だ。


そしてじっさい、工場の地下の職工の作った部品が最上階の職工の作った作品とうまく噛みあうように、アガートは真っ直ぐに子供部屋に入ってきた。

エリザベートは弟が少しは抵抗するだろうと予想していたので、あらかじめ、「ビー玉みたいな名前の女の子なの」と説明しておいた。ポールは、「それは有名な名前だ。この世で一番美しい詩の一つのなかで、快速船《フレガート》と韻を踏んでいるんだよ」と答えた。

ポールの言う、この世で一番美しい詩の一つは、ボードレール『悪の華』に収められている。堀口大學の訳では、六二番の、『憂鬱と放浪』にあたる。

「告げよ、アガートよ、お前の心も、時に翔び去るか」

と始まる。堀口訳では、フレガートの出現はつつましやかだ。

《後悔と罪悪と苦悩から遠く
列車よ、わたしを運び去れ、船よ、わたしを奪い去れ！》

フレガートの響きは船の一語に押し込められてしまっており、アガートと美しい韻を踏むことはない。

だから一体何なのかと、そろそろ当惑される頃合いだろう。種を割り続けて悦に入るだけだと言う方は、ここが解説の場であることをお忘れになっているのではないか。

わたしは今、エリザベートの言葉について考えている。

「ビー玉みたいな名前の女の子なの」

わたしは、第四短篇におけるアガートをビー玉みたいな女の子として想像していただろうか。たとえば、青く澄み透るビー玉として。アガート、縞模様、瑪瑙はすぐさま連結される。縞瑪瑙の色は何色だったか。茶色と白と答える方は多いだろうが、多孔質のこの鉱物は任意の色に染色可能だ。一体、それは何色のビー玉なのかと、以前のわたしは考えたことがあっただろうか。

わたしは今、考えている。第四短篇を書くわたしが、『恐るべき子供たち』のその一節を知らなかったとして、何の違いがあったのかを。実際のところ、ビー玉に関しては、特に注意を払わなかったように記憶している。アガートの単語に発するこの展開は、わたしが大堂林から送られた本を読んだ時点で生じており、ビー玉と第一短篇の照応が存在するならそれは偶然の出来事だ。わたしにとっては。

何をどこまで。行ったことに留まらず、行わなかったと自分で信じていることまでも、ここでは解説するべきだろうか。たとえば、ポール・ヴァレリーの『アガート』までをここに呼び出すべきなのかをわたしは今、考えている。

ただ一単語を解説するのにこれだけの分量が必要ならば、解説は本文の量を超えてしまうこと疑いないし、いつになったら終わりが来るかも、終わらせることが可能なのかもわからない。解説を始めた時点で、解説の解説が必要となってしまう事態については先に記した。

だからあとの残りは、一見手掛かりのように見える仄めかしを続けて濁すだけにしようと思うわけだが、書いておかねばならないと感じることが恐ろしく少ないことに驚いている。

せいぜい、解析接続について数学辞典くらいを引いて頂ければと感じるくらいだ。それはある領域でのみ定義しうる関数を、ある領域の方を移動させていくことにより、より広い領域へと拡張していくひとつの技術だ。大堂林から送られてきた本を眺める限り、「Goldberg Invariant」はそうした仕方で書かれている。

あるいはリーマン予想について。この予想は何故か奇妙なことに、第一、第三、第四短篇に登場している。まるで何かの伏線であるかのように。その宙に浮いた伏線が一体どんな引用の網目と照応するのかは、わたし自身に対しても秘されている。その解明は将来的なひとつの課題だ。

チューリング・マシンに関する解説が必要だろうか。これだけ身の周りに計算機と呼ばれるものが溢れかえっている現状下で、その基礎理論について語ることが。その必要は全くないとわたしは思う。

不明な単語などというものは、検索してしまえばそれで済む。その言葉が現実に存在していると広く信じられている限りにおいて。今この短い期間、わたしたちはそんな宇宙に住んでいる。それはつまり、アウトソーシングだ。この本自体が結果的に、大堂林にアウトソーシングされていたのと同じように。

結局、そこに記されている言葉を展《ひら》いていく以外の本の読み方などは存在しない。お前は自分に送られてきた本をそのまま書き写すことで、自分の本としたのかという論難があるかも知れない。反論にはただ一点を明らかにしておけば済む。

大堂林から送られてきたその本は、わたし以外には読めない文字で書かれていた。たとえそれが、日本語で一語一句同じ形で書かれていたとしても。そんなことをどうして主張できるのかと問われると少し困る。この世のどこかには、その文字とやらを読める者が存在しているかも知れないではないかと言われれば、その通りだと言うしかない。しかしそんな事柄を、一人一人に対して実地に確認することは誰にもできない。

だから次の命題を、弱い証拠とさせてもらいたい。

もしもその本が、誰にでも読める形で書かれていたなら、この本は書かれることがなかったはずだ。

二〇〇八年、東京にて

二〇一一年の追記。あれから実に多くのことが起こった……。以下、そのうちの一つだけを記録しておこう。

二〇一〇年の九月、わたしは東京を離れ大阪に居を移した。引っ越し作業も一段落つき、たまたま立ち寄った美術館で、わたしはひとつの王冠を目にしている。

グレコ・バクトリアの王冠と呼ばれるその展示は、くすんで傷まみれになった青い硝子球と、内部に青い筋を含んだ透明なガラス棒の破片がいくつか転がっているだけだったが、傍らに掲示されていた復元図がわたしの注意を引いたのである。整然としているようでどこか不安にさせるその造形は、空間自体が奇妙に歪んだものとわたしには見えた。先に挙げた写真を見てもらえれば、その感覚は共有頂けるものと思う。

つまるところそれは、メビウスの輪と同じ形をしている。帯状の紙を用意して、半分捻って端と端を接合し、輪にすることで実現できる。王冠を飾る十八個の青色の球。二つずつが雪だるまのように積み重なって組となったそれらの球は、透明な硝子の輪でできた王冠の周囲をぐるりとめぐり、徐々に傾き、一周を終え逆立ちする。

ただそれだけであったなら興味深い意匠ということで済んだはずだが、球の埋まる透明な輪の中の構造物が、わたしの頭に一枚の図を展開した。九つの球をジグザグに結ぶ青色の線。

それは、わたしの第一短篇のプロットを示すものではなかったろうか。

第一短篇の各節に付された数字。あの数字はわたしをこの数年間苦しめてきた。正しいことは知れているのに、何故か不安をかきたてる、数字の二つ組が九つ。わたしはそれを展開図の形で把握していたが、実際に組み立てられた姿を見たことは一度もなかった。もしや数字がわたしを騙しにかかり、数学的にさえ存在できない図形をプロットとしてわたしの脳裏に組み立てたのでは。そんな不安にわたしはしつこく襲われてきた。

その瞬間、第一短篇は王冠の形をとってわたしの前に現れた。

煩瑣となるが、多少詳しい解説をここに記すことにしよう。

ドーナツ状の表面を一つ考える。トーラスと呼ばれるその表面は、一枚の四角い紙を丸めることで実現できる。紙の上辺と下辺を一致させると筒ができる。更に筒を丸めて左辺と右辺を一致させればトーラスが一つ現れる。

その表面上の一点の位置を指定するのは、丸める前の紙の上の一点を指定するのと同じことだ。トーラスは二つの円からできている。紙を二度丸めたのだからそうなっている。四角い紙の水平線がドーナツの縁の円周となり、垂直線はドーナツを垂直に切ったときに出現する断面の円周となる。円周を表現したいのだから、三六〇度を用いるのが便利なはずだ。トーラス上の一点の位置は、二つの角度で指定できる。

トーラスの中にメビウスの輪を埋め込むことを考えよう。

ドーナツにマッチ棒を垂直に刺し、ドーナツを一周させる間に一八〇度回して逆立ちさせることを考える。混乱した場合は、王冠の写真を改めて眺めてもらえれば良い。

メビウスの輪の縁を、指でなぞることを考える。メビウスの輪は、裏も表もない平面と、ときに呼ばれる。その名前に相応しく、指はドーナツの周りを二周してようやくもとの点へと戻ってくる。正確な言い方ではないが、裏と表が接続されてしまっていることにより、表を一周、裏を一周、合計二周する必要が発生するのだ。

さて、わたしが直面したのは、——裏と表がひっくり返る話を書くのは良いとして——二周するお話などは、退屈なだけなのではないかということだ。できれば一周としてしまいたい。ならば、表と裏を、一周目と二周目を、ジグザグに抓《つま》んでいけば良いのでは。表と裏を順に拾っていくことで、一周するだけで元の位置に戻る配置は実現できる。ただしその表と裏は、実は一直線に繋がっているものなのだが。

九つの節という構成がとられたのは、小説として体をなす長さと節の分割の兼ね合いと、三六〇を割ることのできる奇数が必要だったからだ。結果、用意した座標は以下の通り。

(0, 0)、(40, 200)、(80,40)、(120, 240)、(160,80)、(200, 280)、(240, 120)、(280, 320)、(320, 160)。

最後の二つ組に、四〇と二〇を足すことで、(360, 180) になる。紙は 180 度捩じって貼り合わされていたのだったから、その点は (0,0) と一致して原点に戻ることになる。

勿論、こんな構成などは自己満足だ。そんな数字を投げ出されても困るだろうから、それぞれを四〇で割り、

(0, 0)、(1, 5)、(2, 1)、(3, 6)、(4, 2)、(5, 7)、(6, 3)、(7, 8)、(8, 4)、

が節題となった。0、1、2、と続くのは単調なので、一番目と二番目の並びは逆にしてみた。

裏返されて、元へと戻る。

ボーイ曲面《Boy's Surface》という名称は本来、ボーイという奇妙な名前を持つ数学者がその曲面の研究を行ったことに因《よ》っている。プロットはあくまでメビウスの輪としてつくられたのだから、ボーイ曲面を題名とするのは不適切だという話はある。

しかしまあ、良いではないか。メビウスの輪はボーイ曲面に含まれている。ボーイ曲面は本来四次元中に存在する曲面だが、それをうまく切開してやることにより、メビウスの輪を三次元空間中に取り出すことが可能である。サイコロをうまく切開することで、二次元上の展開図にできるのと同じ手順だ。メビウスの輪を更に切開してやると二次元的な帯へと戻る。

ボーイ曲面の数学的性質を求めて検索を行い、わたしの本へ辿りついてしまう方には、申し訳ないとは思っている。

こうして記しているうちに、矢張り作者にしか知りえない打ち明け話を特権的に、辞書的に行うべきだったのではないかという誘惑が高まりつつある。アルフレッド・レフラーの名は、アルフレッド・ノース・ホワイトヘッドと、アルフレッド・タルスキ、オットー・レスラー、（アルフレッド・ノーベルの恋敵）ミッターク・レフラーの名前を混ぜ合わせたとか、フランシーヌ・フランスは、デカルトの娘フランシーヌと、伝説上デカルトが保持していたと言われる少女人形フランシーヌと、ミシェル・メンデス＝フランス（首相の方ではない）を混ぜ合わせたものであるとか。ロンドン。ロンドンは多分、フリッツ・ロンドンとハインツ・ロンドン兄弟からとったのだろう。今気づいたが、時代が異なるとはいえ、本書にロンドンが二人出てくる理由は、そんな記憶が無意識的に設定したものの気もする。

あるいは引用をまだ続けるとか。ベケットの『モロイ』やナボコフの『ロリータ』、ソレルスの『秘密』からの引用を一字一句明かしていくとか。

そんなことをやり始めると、脱線に次ぐ脱線が、止め処なく溢れ出すことになるだろうし、それによって何かがわかりやすくなるということもありそうにない。だからこの程度に留めておきたい。無際限の流出をその寸前で停止させること。その要請が本書の形をつくったのではという説は、今思いついた。それほど悪い解説でもないように思う。その主張は、解説を付すことが不可能なお話がこの世に存在し、この解説が不要なことを主張するから。グラスの縁に盛り上がって震える水のように、何かを加えることで決壊する。本質的に解説を加えることのできない——作者の力不足によってできないのではない——お話は存在するのかと考えてみて、証明は不可能のように思える。

そう、王冠の話だった。

王冠の写真。そこには撮影者が写り込んでいない。

勿論、そんな展示などはなかったのだから、その王冠を誰が用いたかなどは決して知られることがない。第一、王冠というよりは腕輪に見える。

しかし、何故かこう思う。

その王冠を戴く者がいるとするなら、それは最早わたしたちの視覚の及ばない、高次元の空間に棲む生き物だろう。その三次元の断面は、何やら王冠めいたものとわたしたちには映ってしまう。想像しうるものは全てこの世に存在するが、それがわたしたちの暮らすこの空間に実在できるものなのかは、全く別のお話なのだ。

参考文献

『伝奇集』ホルヘ・ルイス・ボルヘス著、鼓直訳（岩波文庫）
『薔薇の名前』ウンベルト・エーコ著、河島英昭訳（東京創元社）
『さようなら、ギャングたち』高橋源一郎著（講談社文芸文庫）
『恐るべき子供たち』コクトー著、中条省平・中条志穂訳（光文社古典新訳文庫）
『悪の華』ボードレール著、堀口大學訳（新潮文庫）

初出一覧

「Boy's Surface」　〈ＳＦマガジン〉2007年9月号
「Goldberg Invariant」　単行本刊行時書き下ろし
「Your Heads Only」　〈ＳＦマガジン〉2007年11月号
「Gernsback Intersection」　単行本刊行時書き下ろし
「What is the Name of This Rose?」　書き下ろし

本書は、二〇〇八年一月に早川書房より単行本
として刊行された作品を文庫化したものです。

Self-Reference ENGINE

円城　塔

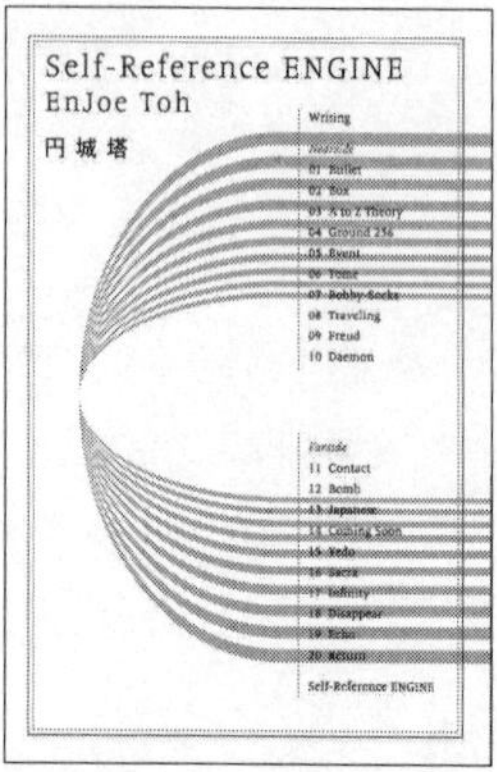

彼女のこめかみには弾丸が埋まっていて、我が家に伝わる箱は、どこかの方向に毎年一度だけ倒される。老教授の最終講義は鯰文書の謎をあざやかに解き明かし、床下からは大量のフロイトが出現する。そして小さく白い可憐な靴下は異形の巨大石像へと果敢に挑みかかり、僕らは反乱を起こした時間のなか、あてのない冒険へと歩みを進める――驚異のデビュー作、二篇の増補を加えて待望の文庫化

ハヤカワ文庫

後藤さんのこと

円城　塔

46判上製

後藤さん一般、（赤色の）後藤さん、（青色の）後藤さん、（緑色の）後藤さん、反後藤さん、分後藤さん、偏後藤さん性。後藤さんについての考察が宇宙創成の秘密に至る〈エクス・ポ〉連載4色カラー表題作他〈早稲田文学〉〈思想地図〉〈サイエンス・イマジネーション〉から〈SFマガジン〉まで、現代文学の最先端で試みられた、難しくてためにならない、でもなぜか心地いい言語遊戯6篇＋α（↑帯に短篇が刷られています）。

〈想像力の文学〉

神林長平作品

あなたの魂に安らぎあれ
火星を支配するアンドロイド社会で囁かれる終末予言とは!? 記念すべきデビュー長篇。

帝王の殻
携帯型人工脳の集中管理により火星の帝王が誕生する——『あなたの魂〜』に続く第二作

膚《はだえ》の下 上下
無垢なる創造主の魂の遍歴。『あなたの魂に安らぎあれ』『帝王の殻』に続く三部作完結

戦闘妖精・雪風〈改〉
未知の異星体に対峙する電子偵察機〈雪風〉と、深井零の孤独な戦い——シリーズ第一作

グッドラック 戦闘妖精・雪風
生還を果たした深井零と新型機〈雪風〉は、さらに苛酷な戦闘領域へ——シリーズ第二作

神林長平作品

狐と踊れ
未来社会の奇妙な人間模様を描いたSFコンテスト入選作ほか六篇を収録する第一作品集

言葉使い師
言語活動が禁止された無言世界を描く表題作ほか、神林SFの原点ともいえる六篇を収録

七胴落とし
大人になることはテレパシーの喪失を意味した——子供たちの焦燥と不安を描く青春SF

プリズム
社会のすべてを管理する浮遊都市制御体に認識されない少年が一人だけいた。連作短篇集

完璧な涙
感情のない少年と非情なる殺戮機械との時空を超えた戦い。その果てに待ち受けるのは？

神林長平作品

太陽の汗

熱帯ペルーのジャングルの中で、現実と非現実のはざまに落ちこむ男が見たものは……。

今宵、銀河を杯にして

飲み助コンビが展開する抱腹絶倒の戦闘回避作戦を描く、ユニークきわまりない戦争SF

機械たちの時間

本当のおれは未来の火星で無機生命体と戦う兵士のはずだったが……異色ハードボイルド

我語りて世界あり

すべてが無個性化された世界で、正体不明の「わたし」は三人の少年少女に接触する――

過負荷都市《カフカ》

過負荷状態に陥った都市中枢体が少年に与えた指令は、現実を〝創壊〟することだった⁉

神林長平作品

猶予の月 上下

姉弟は、事象制御装置で自分たちの恋を正当化できる世界のシミュレーションを開始した

Uの世界

「真身を取りもどせ」——そう祖父から告げられた優子は、夢と現実の連鎖のなかへ……

死して咲く花、実のある夢

本隊とはぐれた三人の情報軍兵士が猫を求めて彷徨うのは、生者の世界か死者の世界か？

魂の駆動体

老人が余生を賭けたクルマの設計図が遠未来の人類遺跡から発掘された——著者の新境地

鏡像の敵

SF的アイデアと深い思索が完璧に融合しあった、シャープで高水準な初期傑作短篇集。

ハヤカワ文庫

神林長平作品

敵は海賊・海賊版

海賊課刑事ラテルとアプロが伝説の宇宙海賊匋冥に挑む！　傑作スペースオペラ第一作。

敵は海賊・猫たちの饗宴

海賊課をクビになったラテルらは、再就職先で仮想現実を現実化する装置に巻き込まれる

敵は海賊・海賊たちの憂鬱

ある政治家の護衛を担当したラテルらであったが、その背後には人知を超えた存在が……

敵は海賊・不敵な休暇

チーフ代理にされたラテルらをしりめに、人間の意識をあやつる特殊捜査官が匋冥に迫る

敵は海賊・海賊課の一日

アプロの六六六回目の誕生日に、不可思議な出来事が次々と……彼は時間を操作できる!?

次世代型作家のリアル・フィクション

マルドゥック・スクランブル The First Compression――圧縮
冲方　丁

自らの存在証明を賭けて、少女バロットとネズミ型万能兵器ウフコックの闘いが始まる。

マルドゥック・スクランブル The Second Combustion――燃焼
冲方　丁

ボイルドの圧倒的暴力に敗北し、ウフコックと乖離したバロットは〝楽園〟に向かう……

マルドゥック・スクランブル The Third Exhaust――排気
冲方　丁

バロットはカードに、ウフコックは銃に全てを賭けた。喪失と安息、そして超克の完結篇

第六大陸 1
小川一水

二〇二五年、御鳥羽総建が受注したのは、工期十年、予算千五百億での月基地建設だった

第六大陸 2
小川一水

国際条約の障壁、衛星軌道上の大事故により危機に瀕した計画の命運は……。二部作完結

珠玉の短篇集

五人姉妹
菅　浩江
クローン姉妹の複雑な心模様を描いた表題作ほか〝やさしさ〟と〝せつなさ〟の9篇収録

レフト・アローン
藤崎慎吾
五感を制御された火星の兵士の運命を描く表題作他、科学の言葉がつむぐ宇宙の神話5篇

西城秀樹のおかげです
森奈津子
人類に福音を授ける愛と笑いとエロスの8篇 日本SF大賞候補の代表作、待望の文庫化！

からくりアンモラル
森奈津子
ペットロボットを介した少女の性と生の目覚めを描く表題作ほか、愛と性のSF短篇9作

シュレディンガーのチョコパフェ
山本　弘
時空の混淆とアキバ系恋愛の行方を描く表題作、SFマガジン読者賞受賞作など7篇収録

ハヤカワ文庫

著者略歴　1972年北海道生，作家
著書『Self-Reference ENGINE』『後藤さんのこと』（以上早川書房刊）他

HM=Hayakawa Mystery
SF=Science Fiction
JA=Japanese Author
NV=Novel
NF=Nonfiction
FT=Fantasy

Boy's Surface

〈JA1020〉

二〇一一年一月十日　印刷
二〇一一年一月十五日　発行
（定価はカバーに表示してあります）

著　者　円《えん》城《じょう》塔《とう》
発行者　早川　浩
印刷者　大柴正明
発行所　株式会社　早川書房
郵便番号　一〇一 - 〇〇四六
東京都千代田区神田多町二ノ二
電話　〇三 - 三二五二 - 三一一一（大代表）
振替　〇〇一六〇 - 三 - 四七七九九
http://www.hayakawa-online.co.jp

乱丁・落丁本は小社制作部宛お送り下さい。
送料小社負担にてお取りかえいたします。

印刷・株式会社亨有堂印刷所　製本・株式会社フォーネット社

ISBN978-4-15-031020-2 C0193

＊本書は活字が大きく読みやすい〈トールサイズ〉です